THE CRUCIBLE

熔
爐

10週年
紀念版

孔枝泳（공지영）著　張琪惠譯

目次

1

姜仁浩將簡單的行李裝到自己的車上，從首爾出發，這時，霧津市已經開始起海霧了。白色的龐然大物從海上升起，伸出覆蓋著潮濕細微毛髮的腳，進軍到陸地。被霧包圍的事物，就像察覺到敗勢的士兵，在細微的濕氣包圍下逐漸朦朧了。海邊的峭壁上，四層的石造建築慈愛學院也開始籠罩在霧裡了。一樓餐廳閃耀的黃色燈光，變得像美乃滋一樣模糊時，從某處傳來了鐘聲。那一天是星期天，可能是告知清晨禮拜的教會鐘聲，鐘聲傳到了遠方。而能穿透濃霧的也只有聲音而已。

2

在慈愛學院附近，一名少年走在鐵軌上。霧尚未完全攻陷陸地，然而就像灑下長長的網子，慢慢地將事物抹去。鐵路旁燦爛早綻的波斯菊，蒼白不安地在霧的網子內顫抖著。少年十二歲，和同年紀的其他孩子站在一起，就顯得矮小瘦弱。少年淡藍色的條紋T恤已經被霧的濕氣浸透了。

少年跛著腿，身體似乎哪裡不對勁。過了一段時間，從海邊飄來的霧，將他的表情遮蔽，幾乎看不見。少年被霧包圍了。少年的腳觸碰的鐵軌，規律地傳來細微的震動。少年感覺到了。

3

霧津市中心的光榮第一教會早上十點鐘的禮拜開始了。教會的庭院已經籠罩在霧中。姍姍來遲的人將汽車停在停車場，輕微碰撞發出了擦刮聲。就算開遠光燈也沒用，霧將所有東西都吞噬了。奉讀《聖經》「黑暗不曾戰勝光芒」這句話時，霧也毫不留情地吞蝕了發光的遠光燈。在停車場幫忙指揮的管理員為了翻找不小心掉到地上的鑰匙圈，艱辛地彎下腰來。他好不容易才撿起鑰匙，在霧中用無可奈何的表情自言自語。

「這霧……真是厲害啊！」

他的聲音在管風琴伴奏的唱詩班歌聲中給吞沒了。

4

鐵軌開始響起隆隆聲。少年回頭看。火車沿著迂迴的鐵道來了。少年朝著疾駛而來的火車展開雙臂。他的臉上露出了像是微笑又看似皺眉的表情，之後嘴形又轉為吶喊。聲音感覺不到母音和子音，相當詭異模糊。汽笛響了。少年的身體碰撞到火車時，像爆米花般輕盈地飛彈了起來，鮮紅色的血不斷流向潮濕的地面。掩來的霧覆蓋了一片紅色。火車經過後，周圍一片寂靜。彷彿身處深水之中。少年的眼皮顫抖了一下，最後凝結在霧占領的乳白色虛空之中。

5

姜仁浩抵達了休息站，停車時手機響起。是妻子打來的。離家還不到一小時。雖然是妻子自己下的決定，讓他獨自一人前往霧津，她自己和孩子留在首爾，然而她的聲音卻滿是哀怨。

「在開車嗎？」

「沒，我停好車了。在休息站。」

好像不是有話想說才打電話來。當他拿著簡單的行李離開後，妻子似乎才察覺到少了些什麼。他想起自己為什麼不得不離開的處境了。

「你又在抽菸了？如今沒有我，沒有人在你身邊嘮叨抱怨了。」

「……不用太擔心。明年春天跟世美一起來霧津吧！在這裡上幼稚園就好了。」

電話另一頭傳來妻子的笑聲。

「是啊！那也得要拿到正式教師的聘書。」

他是收到約聘教師的臨時聘僱，才前往霧津。如果不是妻子動用一點關係，根本不可能。妻子偶然碰面的高中同學剛好和創辦霧津慈愛學院的家族熟悉，似乎是妻子拜託朋友找工作的樣子。他大學畢業雖然曾經擔任教職，然而立刻就和朋友一起從事小型服飾業。如果不是去年席捲全球的不景氣，像今天這樣的星期天，或許他早就坐在前往中國當地工廠的飛機上了。最早想到教書的是妻子。當了六個月的失業者，不管怎樣都要活下去。幸好在事業完全失敗前關閉了工廠。還好沒失去首爾郊區的公寓。然而定存已經解約好久了，連保險都沒了。

「老師？特殊教育學校的老師？而且還是聽障學童……」

妻子遇見同學，初次跟他提到這件事時，他覺得太荒謬了。

「我大學畢業後拿到的是一般教師資格證，而且那是多久以前的事了。我真的能教書嗎？」

妻子像是取回戰利品的人，看著他笑了。

「你這個人怎麼這麼死腦筋……」

所以事業才會完蛋，妻子接下來似乎想這樣說。然而此時彷彿察覺到他的不悅，妻子用溫柔的口吻再次說道。

「這是私立學校。和理事長家有一點關係，沒關係吧！大家都是工作之後再去夜間部進修，只要再主修特殊教育就行了。對方說沒問題。報酬也不差。上班時間也還好。要去哪找比這個還好的工作啊！總之好好地工作，拿到正式教師聘書吧！接下來再想辦法調回首爾。」

說完這句話後妻子向他展露微笑。

6

姜仁浩再次開車駛向南部。他在首爾出生，從來沒離開過朝鮮半島的中心，因此對於朝鮮半島南部地區的生活究竟如何，毫無頭緒。除了那裡的人說話比較激動，吃重口味的食物，此外，南部的都市對他而言只是個陌生的地名。可是霧津稍微特別，有金勝玉的《霧津紀行》。這替他帶來了不願回想的記憶。當妻子提到霧津這個都市的地名時，記憶就像在起霧海洋中朝著港口靠近逐漸呈現出輪廓的船隻一樣，朝著他滑行而來。

「《霧津紀行》……老師第一次擔任導師介紹這本小說時，我就知道會有這一天。」

當年來部隊面會，笑著說過完夜再走的明熙這樣說。她在棉被中將猶豫不決的他的身體拉了過去。他的臉靠近她的臉時，她這樣問道。

「夏仁淑這個女子。在主角違背約定離開後，獨自留在霧津，最後怎樣了呢？」

明熙的身體散發出淡淡的水蜜桃香味。她是他大學畢業後工作的女校的學生，那時他正等著徵召入伍。來到部隊的她，頂著一臉濃粧，卻掩飾不了她剛滿二十歲的事實。

「不要怕……我……不是……第一次。」

緊張的人反而是他。拉起他猶豫的手，放在自己的胸前，明熙呵呵地笑了起來。雖然感受到小女孩豁出去的無所謂，然而他並沒有細想。送走明熙後，在巴士站附近喝完酒，再度回到部隊時，罪惡感如成群蒼蠅飛舞而來。倘若不是和偶爾來訪的明熙分享愜意的情事，他或許已經朝著某人瞄準了槍口。那個人可能是他自己。

退伍時，明熙斷了音訊。回到首爾，聽說了她幾個月前自殺的消息。當時他的腦中浮現了她的話。

「夏仁淑這個女子。在主角違背約定離開後，獨自留在霧津，最後怎樣了呢？」

7

姜仁浩看到霧津的路標後，在叉路上轉動方向盤，抬頭一看已經抵達霧津市了。然而他在頭頂上發現的是凝結成白色團塊的龐大雲海，覆蓋霧津的霧看起來像是白色美麗的海草。他的車駛進白霧的隧道。霧就像白髮魔女張牙舞爪的頭髮，開始緩慢包圍他的車。為什麼會這樣呢？他想起很久以前的夏天，在釣魚場掉入水中的記憶。為了撿起掉落的釣竿，掉入蓄水池時，纏住他的腳的水草，那種光滑又黏膩的觸感，當時他放棄游泳，向一起釣魚的朋友求救。交錯的水草觸感似乎將他吞噬了。全身無力。他很會游泳，但是派不上用場。看到霧突然浮現的記憶，有股不祥的預兆。總之如果一個不小心，這段旅程會是個終點。這種無力的恐懼讓他的後腦勺變得緊繃僵硬。他吞了一口口水，打開自動導航系統。自動導航系統在霧中向他命令。

「前方為濃霧注意地區。請在一公里處右轉。」

他右轉了。

8

慈愛學院聳立在霧中。姜仁浩開進校門，想在停車場停車時，看到一輛藍色的高級轎車在他旁邊發動。本來想開窗戶說話，然而藍色轎車的駕駛似乎覺得濃霧沒什麼大不了，啟動車子出發，並以驚人的飛快速度穿越白色濃霧的牆消失了。車窗內隱約可見一頭稀疏的頭髮、一張漠然無謂的臉孔，這就是他看見的全部了。他在濃霧瀰漫的停車場小心翼翼地停車。海邊颳起風時，龐大的慈愛學院像是掀起布幔呈現出全貌，隨後又再次被濃霧覆蓋。他走下車。進入霧津後的二十分鐘，比開車到霧津的四小時還要戰戰兢兢，感覺到肩膀的酸楚。他舉起右手，輕鬆地轉了幾圈後，再次叼著菸。他聽到某個輕盈的東西接近，聲音啪沙沙啪沙沙的，愈來愈靠近。是個小女孩的身影，從濃霧中走了過來。是女孩口中咬碎的餅乾聲。剪著一頭西瓜皮短髮的女孩，身材嬌小，身軀乾瘦。女孩一手拿著大包餅乾袋，一手把裡面的東西掏出來塞進嘴裡。

「喂！小女孩！我有話……」

他先開口說道，然而女孩熱中於吃餅乾。他瞬間想起這裡是聽覺障礙兒童的學校和宿舍，覺得想和別人對話的自己似乎顯得有些可笑。就在他獨自默默思考的時候，小女孩發現他了。小女孩口中輕脆的餅乾聲慢慢停了下來。他嘗試想要用來這裡之前學過的生疏手語溝通。

——**妳好，很高興見到妳。**

然而他伸出的手還沒比完手語，小女孩的眼中浮現了荒謬古怪的恐懼，發出音啞的尖叫聲，回頭開始狂奔了起來。

「嗚嗚嗚……」

他只是用眼神追逐跑走的女孩。濃霧將女孩吞沒了，什麼都看不見。難以用子音和母音標示的尖叫聲在他腦中揮之不去。

9

「好像是因為濃霧的緣故。」

聽取金警官報告時，姜督察的手機收到簡訊，開始振動。姜督察一面聽報告一邊用眼睛確認訊息。

哥，我真的生氣囉！不是說今天要來嗎？

姜督察的手指頭還殘留著「野花」咖啡館的美淑那白皙大腿的美妙觸感，不知不覺露出一抹微笑。

「聽不見聲音，因此沒聽見火車聲。也可能連火車來都沒看到。」

「對啊……因為霧很濃。」

姜督察一邊隨口附和金警官，一邊按著手機按鍵。

妳忍耐幾天吧！雖然說沒有耐心是妳的魅力……今天晚上工作結束後，我請妳吃活章魚好嗎？

他按下簡訊的寄件按鈕後，察覺到金警官的嘴角似乎有些不高興。姜督察慢慢將手機放在桌上，觀察金警官的表情，用苦惱的樣子抱住頭。

「沒有什麼特殊事項嗎？」

「是意外。可是孩子的褲子口袋內有個奇怪的東西。」

金警官拿出一個塑膠證物袋放在姜督察的桌上，裡頭是沾了血漬的紙條，像是從記事本撕下來的。

「上面寫了李江碩、朴寶賢的名字。還畫了個大叉。」

在一剎那想起了「野花」的美淑的姜督察，他的眼神變得銳利。

他好歹是個偵察官。出於本能，他的偵察能力從金警官的話中嗅出了什麼不尋常的滋味。姜督察看著裝在塑膠袋內染血的紙條。李江碩是慈愛學院的校長；還有朴寶賢，如果他沒記錯的話，應該是學校宿舍的生活輔導老師。他記得自己參加過一次晚間聚會，李江碩在場，朴寶賢如影隨形跟著，一個眼神狡猾、臉色暗沉的人。**一整晚李江碩對他露骨地冷嘲熱諷，而他總是默默低著頭**。姜督察記得他這個卑屈的傢伙。對，他的名字就叫朴寶賢。

「好。你可以走了！慈愛學院由我來聯絡。」

他看著金警官離開後，再次傳簡訊。

哥能幫忙解決的只有三百萬元。

姜督察突然覺得很輕鬆。妻子總是稱讚他的運氣真好，需要什麼就會發生什麼，而且都對他相當有利。他的腦中浮現了上個月起濃霧的那一天，掉落至慈愛學院運動場盡頭峭壁下死亡的一名女學生屍體。鐵軌，峭壁，兩個月，兩具屍體。慈愛學院的學童。峭壁一案已列為意外，鐵軌一案可能同樣如此。這都要怪霧津的濃霧。他看著霧津警察局的窗外微笑著。霧漸漸散去，窗外的汽車逐漸呈現出輪廓。霧也有緊急的時刻。是啊！**小心翼翼的生活，總是會有緊急的時刻**。

10

雖然家當不多，不過搬家就是搬家。如果這些家當都在原位，或許不會去注意，但因為搬家，才發現擱在一起的家當多麼寒磣。姜仁浩在租來的四十平方公尺的公寓廚房內整理他的生活用品。鍋子、咖啡杯、水杯，還有幾個小盤子，這些就是他全部的廚具了，將這些東西井然有序地擺放在櫃子，再將筆記型電腦放在廚房桌子上，就這樣有了離開自己的家，展開新生活的真實感。就像大學時到朋友住的宿舍參觀一樣，有種新鮮感。此時門鈴響了。打開門，是徐幼真。

「你真的來了？沒想到會在這裡再次見到你。真是太開心了。」

徐幼真放下購物袋裡的歡迎禮物，大方地向他伸出手。兩人握著手相視而笑。她是他大學上一屆的學姊。來這裡之前，他從同學那裡聽說她定居在霧津的消息。他徒勞地找不到出租客房，通過幾次電郵和簡訊後，她幫他找到這棟大樓。然而距離上次見面，也就是大學畢業後，幾乎已經過了十年了。他在她的臉上尋找他記憶中的那個短髮女大生。然而似乎歷經了許多辛酸，現在他面前的她已步入中年，失去了原本的光采。

「徐學姊離婚了，獨自扶養兩個孩子。孩子好像身體不太好。生活過得很苦……」

大學的同窗好友在一次酒酣耳熱之際突然有感而發，這麼告訴姜仁浩，這名同窗曾經迷戀過她。

「真的好奇怪喔！漂亮聰明又不錯的女子，總是遇人不淑，辛苦過日子。」

「你老婆是箇中代表。」

姜仁浩這麼說，試圖安撫酒醉的朋友。大學畢業後聽說的徐幼真消息，不僅是從同窗那裡，從任何人那裡都能充分感受到其中的惋惜。丈夫政治仕途受挫，先天心臟缺陷的孩子出生，然後是緊接而來的貧窮。不知道她是怎麼來到霧津的。然而在陌生都市的新家遇見她，那張喜悅的臉孔浮現出年輕時期的他看過的輪廓——也曾經纖細精緻的五官。因為她的存在，霧津變得比較親切，濃霧中的緊張感，也似乎稍微放鬆了。

「濃霧讓我好擔心，你一路上受苦了吧？可是在霧津一定要習慣霧。啊！霧散了。」

她走到窗戶看著外面對他這樣說。看著她雙手環抱胸前的背影，第一次覺得她真是個個子嬌小的女子。

「我們家就在那裡，開燈的那一家。」

徐幼真指著前棟大樓說。霧還沒完全散去，看不太清楚，然而大概可以知道她指的位置。姜仁浩不知不覺開始數起窗戶的數量。曾經奢華過的白漆，已有幾處剝落，總共只有兩扇窗。

「你知道我有兩個孩子，母親也跟我們一起住，總共四個人。哥哥搬到妻子娘家附近展開新事業，我也跟著來了，也需要有人照顧母親。再加上很想離開首爾。」

說完最後一句話，她刻意表現出愉快的口氣。他從最後一句話感受到她相信的想法——「**我並沒有不幸**」，這是這次重逢他必須遵守的禮儀。

「該吃晚飯了吧？要不要到我們家去？還是去找個地方……」

身為學姊，應該帶好久不見的學弟到家裡用餐，然而她卻表現出極端無自信的樣子。

「找個地方吃飯就好了，再帶我參觀一下霧津。」

聽到他的回答，她才安心地笑了起來。她的臉頰上有一個酒窩的記憶向他襲來。他看著酒窩的那一刻，覺得徐幼真就像來到二十歲的宿舍的女朋友，突然發現未來霧津的生活也不那麼糟。心裡夾雜著很久以前感受到的激動，他不想錯過這輕鬆又甜美的情感。

11

兩人走到街上，徐幼真在前帶路，彼此隔著兩三步的距離，霧像從熄滅燭火逸出的殘煙般湧上兩人之間。這一帶是霧津的繁華區，不曉得是不是因為才剛傍晚，城市看來就像剛從睡夢中清醒一般。乍亮的街燈並沒有抹去姜仁浩對這城市的平凡感受，空氣中散發出長期的頹廢氣息，有種波浪拍打著海岸臨時建築物的窘迫感。穿短裙搭配長靴，穿著襯出姣好胸部的十多歲女孩喋喋不休著，朝著酒店方向往地下層走去。撕破巷子的垃圾袋尋找食物的野貓，感覺到他的視線，抬起頭來採取警戒的姿態。巷口有喝醉的年輕人扶著牆壁嘔吐。

此時有個女子走過來抓住姜仁浩的手臂。女子穿著低胸衣服，留著一頭長鬈髮，個子非常嬌小。

「大哥，休息一下再走嘛！」

不說一句話甩開手的瞬間，直覺告訴他，她只不過是個十幾歲的小女孩。意識到停在前方看著此處的徐幼真的視線，他繞過身來，女子再次擋在前面，眼睛烏溜溜的，雖然有些斜視，卻散發出異常的光采，充滿著奇妙的豐滿感，濃妝豔抹的臉蛋則不討人厭。他想避開女子往前走，然而女子靠近他的胸口拚命聞味道。他奮力推開的瞬間，女子說：

「哇！大哥身上有首爾的味道。好珍貴，好棒的味道。」

一說完，女子哈哈地媚笑了起來。板著一張臉走過來的徐幼真，抓住姜仁浩的衣角，往大馬路的方向走。

「對不起，因為肚子餓，想抄捷徑，沒想到卻走到這裡來了。」

徐幼真緊咬著嘴唇說，就好像家裡的恥辱被人看到，她感覺到羞恥。姜仁浩認為這是小心翼翼的模範生特有的純真類型——「所有問題都是我的責任」。然而，這樣的純真造就了她今天的不幸。

「學姊為什麼要抱歉，世界上的聲色場所都是學姊的嗎？」

他這樣開玩笑，她才抬起頭來跟著笑。

「霧津沒什麼建設，說好聽是歷史古都，民主的誕生地，現在只是個貧窮落後的都市罷了。對於年輕人而言，以前的事有什麼用？畢業後根本無處可去。」

坐在烤肉店時，姜仁浩感覺到她很後悔在此地定居。但是自己竟然也來到了這個無處可去的地方。他的臉色湧上一股陰霾。徐幼真將名片遞過來，她的名字前有「霧津人權運動中心　全職幹事」的職稱。

「笑什麼笑？」

她詢問拿起名片的他。

「好久沒看到……運動和中心這樣的名稱了。」

姜仁浩露出疲憊的表情，很想說這也可以是職業，卻想起了剛剛看到的徐幼真那襤褸和狹窄的大樓窗戶。先前的重逢對她那種輕飄飄激動的感覺消失後，湧上了一股疲憊。她問：「對了，你怎麼會想當聾啞學校的老師呢？」他反射性地回答：「我想在世界上做些好事。」然而她完全沒察覺到他在說反話，以坦然的眼神看著他，像姊姊般笑了起來。

「不錯的想法。對了，剛剛那個女孩說你有首爾的味道？說來丟臉，我剛剛見到你的時候也有類似的想法。沒想到來霧津才三年，就變成一名村姑了……」

徐幼真倒了燒酒，像村姑一樣笑了起來。姜仁浩不禁懷疑和她住在同一個社區，真的是個明智的決定嗎？

12

上班第一天，姜仁浩在前往校長室的走道上，看見了一名打開校長室門走出來、穿著褐色防風夾克的中年男子。兩眼對望後，男子將他從頭到尾仔細打量了一番。**眼神銳利**，姜仁浩告訴自己。帶領他的行政室長朝向穿著褐色風衣的那人和顏悅色地說道：

「哎呀！這不是姜督察嗎？我早上已經跟校長報告過了。這些孩子。叫他們**星期天不要隨便外出**，就是不聽話。所以啊……真是的，我們已經盡力管教孩子了，可是……」

行政室長的口氣就像肥皂劇的演員一樣誇張。雖然不曉得發生了什麼事，但聽在姜仁浩耳中，卻露骨地表現出「這是我的責任，但不是我的管轄範圍」的心情。

「到底該說些什麼？根本就聽不到。」

兩人說了一些突發奇想的玩笑話，爽快地笑了。也是誇張的笑聲。

姜仁浩安靜地站在一旁。他知道他們指的是聽覺障礙兒童，但也有一種「應該不至於吧！」這樣的想法。然而「孩子」一詞和「聽不見」總合起來，指的就是這裡的學生。經營身障人士福利設施和學校的工作，不見得像昨天和徐幼真對話時說的「為了在世上做些好事」，然而耳聞他們交談，也不是令人心情愉悅的對話。

「我想校長一定很傷心，所以就立刻跑來看了。」

「沒什麼事吧？應該很傷腦筋……」

行政室長搔著禿頭問道。聽膩兩人談話的他突然想起昨天在霧中看見藍色車內的禿頭主角，該不會就是行政室長吧！

「是，那麼請妥善處理吧！我們最近有太多要頭痛的事。」

「有什麼好處理的？一定是意外。霧太濃了，駕駛員完全沒察覺到。連那麼近的駕駛員都察覺不到，老師該怎麼阻止呢？我們已經這樣判定了，不用擔心。上個月我們不是也處理得很好嗎？」

說完最後一句話後，姜督察露出微妙的微笑。行政室長的臉瞬間刷白，接著說出有些牽強的話：「哈哈，我們都是託姜督察的福才能舒服過日子。」

姜仁浩走到寫著「校長李江碩」的名牌前。校長似乎剛上完廁所，用手帕擦手走回位置上。校長也是禿頭。在瞬間他不知不覺轉頭看行政室長。就像扮演不同角色的演員，兩人的臉蛋驚人的相似。校長李江碩、行政室長李江福，兩人是雙胞胎。

13

和姜仁浩面對面坐著的校長李江碩後面，鑲金邊的大幅相框內的一名男子以側身十五度的角度看著他。

畫框下面寫著「慈愛學院創辦人栢山李俊範先生」的字體。創辦人理事長李俊範應該是李江碩和李江福的父親。他們長得很像，卻給人不同的印象。不曉得是不是因為校長穿著深褐色的西裝加上背心，而行政室長穿著灰色休閒裝的緣故。上了年紀之後，地位給人的光環似乎會滲透至皮膚深層。這樣想之後，姜仁浩就能將兩人視為不同的兩個人。

「聽說我那住在首爾的姪女和你老婆是好朋友。」

校長說話的速度和想像中一樣緩慢，不曉得為什麼聽起來更有權威。校長幾乎不正眼看他，一邊翻閱桌上的報紙一邊說話。口氣有點隨便，根據聽者的解讀有可能是侮蔑的語氣，有點像是**你這靠老婆的關係往上爬的傢伙**。他今天早上刮鬍子時慎重思考過自己的決心，決定要當個領月薪、享受有計畫的小市民生活的喜悅。在中國做生意時，事業不大，然而每到員工領薪水的日子，就有種鮮血快蒸發的痛楚，這麼一想，就覺得不管是託老婆的福也好，還是託女兒的福也好，都應該充滿感恩。他為了這份喜悅，願意付出任何代價，因此只好曖昧地笑，微微地低著頭。

「新政府上台，福利預算不斷縮水，學生也要花很多錢，真是為難啊……」

校長將看完的報紙摺起來。行政室長也從位子上起身，向姜仁浩使了個眼色。他遲疑了一下，隨即跟隨行政室長的指令起身。至少要問個名字，或是握個手吧，他有點受辱的感覺。校長看了一下時鐘，按了通往祕書室的按鈕，用有點神經質的聲音說道：

「叫電腦室的崔老師把我要的東西快點拿過來，我中午之前要出門。快點！」

似乎有什麼緊急的事件。校長看起來心情不佳，應該是發生什麼事吧！隨著行政室長走到走廊，到了窗戶邊行政室長轉過頭來，對他舉起大拇指。他不知所措地看著行政室長。行政室長再次將五根手指張開來。那一瞬間他以為行政室長**在測驗他的手語能力**。

「那個，聽說不用很擅長手語也沒關係……我會認真學習。首先會用筆談跟孩子們對話。」

他吞吞吐吐地說。行政室長的嘴巴整個扭曲了。

「你這個人，要人講白了才聽得懂。本來是大張的一張（一億元），但是因為你老婆是首爾姪女的朋友，就五張小張的吧（五千萬元）！這個月內交到行政室。不收支票。」

三十四歲，年輕的姜仁浩一張臉瞬間被擴張的微血管漲紅了。

14

受到侮辱的那一刻，他才了解真正的人生開始了。然而和李江碩、李江福兩人的會面結束後，就像獨自一個人裸體走在熙來攘往的街道上，惡夢般的場景，讓人驚慌羞恥。奇怪的是，面對面的李江福身上彷彿散發出隱隱的惡臭，像是流汗的禽獸身上的腥臭味，也像是在深海沉船許久被打撈上來的廢船鏽鐵味。他對於展開新生活的早晨，全身爬滿了野巒的預感感到恐懼。

「好，現在去班上吧！走吧！」

行政室長走在前面，姜仁浩這才想起之前在私立學校工作的同學曾經小聲說過「學校發展基金」這個高尚的名稱。他想起了妻子。

「我會看著辦。你只要拿到正式教師的聘書就好了。」

妻子知道「看著辦」當中還包含了代價性的賄賂嗎？走在漫長的走廊，他自問這裡是他可以待的地方嗎？太過倉促的決定吧，年輕的姜仁浩回答。

然而已經在霧津找到公寓了，支付了大筆費用，現在再次回到首爾，就好像要交出「五張小張的」一樣羞恥，年老的姜仁浩自言自語著。這可不是倉促的決定，而是條單行道，不年輕也不老的姜仁浩說。沒有可繼承的王冠和可接收的領土，大家都是這樣，都是為了生活，年老的姜仁浩這樣斷定。他覺得自己踩在走廊上的腳步聲實在太大聲了。不，是因為學校太安靜了。沒錯。這裡沒有聲音。他感受到潛在深水中的壓力。

「他們已經是國中二年級，但程度不好。教書是其次，最好不要惹麻煩。」

行政室長在掛了「中二」牌子的門口前對他不耐煩地說道。從剛才開始就巧妙混合輕蔑的語氣和尊敬的語氣，這不是無禮，而是一種不知如何和人溝通的無知。現在居然對剛上任的老師說，教書是其次，最好不要惹麻煩……，從和校長見面開始，這一連串的情況讓他困惑不已。他在教室前深吸了一口氣。

行政室長打開門。聚集在一起認真地用手語對話的孩子們完全沒意識到他。注意看，發現孩子們包圍著一名少年，他趴在桌上哭泣。行政室長拉了黑板旁邊的繩子。整個教室的紅色電燈就像迷幻燈光一樣開始旋轉。孩子們抬起頭一致地看著他。是因為紅色燈光的緣故嗎？孩子的眼睛充滿血絲。僅僅一瞬間，姜仁浩從他們的臉上感受到一股強烈的怒氣，自己竟不知不覺想向後退。

行政室長在黑板上寫上大大的「姜仁浩」，也寫上了「級任導師」、「國語」。看著他的孩子們面無表情，就像戴著白色面具。

15

——你們好，很高興見到你們。我的名字叫姜仁浩。

行政室長離開後，他用生疏的手語慢慢地說話，也看到昨天在學校初次見到他就逃走的吃餅乾女孩。看到他比著生疏的手語，孩子們白色面具般的臉孔逐漸有了表情。好的開始。他心想孩子果然就是孩子，心情稍微放鬆了一點。他在黑板上寫下詩。

黑暗之中三根火柴點了火
第一根火柴是為了看你的臉
第二根火柴是為了看你的眼睛
最後一根火柴是為了看你的嘴巴
在徹底的黑暗中
將你擁在懷中

記住所有事

——傑克・普維（Jacques Prevert）〈夜晚的巴黎〉

他從準備好的火柴盒中取出三根火柴，一根根地點燃後再用手語吟詩。他用手指著學生的臉、眼睛和嘴巴，面無表情的孩子突然像不透明的玻璃清洗過後，逐漸變得澄淨，彷佛電影畫面從黑白轉為彩色，氣色紅潤了起來。自己準備的這個小表演，似乎縮短了學生跟自己的距離，有種可以和學生相處融洽的感覺。早上開始的不吉利感稍微退去了。他觀察剛剛趴在桌上哭泣的少年，瞳孔像沼澤般深邃。姜仁浩朝著少年微笑，少年依然以黑色的瞳孔回望著他，用令人迷惑的手語不曉得說些什麼。緩慢開始的手語逐步加快，少年的口中發出嗚嗯嗚嗯的高分貝聲音。少年蒼白的臉轉紅，表情變得非常急切。然而以他貧乏的手語知識，除了急切之外什麼都無法理解。他露出抱歉的表情，少年才了解他不懂自己的語言，快速移動的手停頓在半空中。少年的瞳孔短暫升起的迫切希望，似乎停駐在沼澤內。姜仁浩不知不覺靠近少年身邊，將手帕遞給滿臉淚水、頭低低、有著消瘦臉龐的少年。少年一動也不動。他擦拭了少年臉上的淚水。在滿溢的淚水中，少年的眼睛凝視著他。然而黑色沼澤內停泊的迫切並未再次出現。

姜仁浩走到講台上，面對著黑板站立，意外地感覺到孩子們在自己背後用手語此起彼落地交談，這也是一種聽。他在黑板上寫下：

很抱歉。手語現在還很生疏，但我答應你們，在寒假之前會用熟練的手語交談。

他轉過頭去面對學生，一名女學生拿出一張白紙。上面有斗大的字體：昨天他的弟弟死了。

女學生的臉上露出不曉得這樣做是否正確的恐懼。他不曉得該說些什麼，另一名男學生又舉起一張紙：我們知道是誰殺了他。

16

「是火車意外。霧太濃的日子都會發生這樣的事。」教務室坐隔壁位置的朴慶哲老師這樣說。

「可是一名學生死了，學校實在太……」

想說「安靜」這個詞，可是卻閉上了嘴。他覺得「安靜」不適合這個情況。他暫時思考該如何表達。太過泰然，太過平靜，太過古怪……他思考**古怪**這個詞語，心中首度承認這是他對慈愛學院的印象。

「學生們說了奇怪的話。昨天死掉的孩子，不是意外死的……」

「你第一次來這種學校吧？」

朴老師讓他無話可說。對方口氣相當冷淡，投射過來的目光有著顯而易見的輕蔑和憐憫。不，昨天抵達霧津後，自己變得太敏感了。**要正面的思考！正向的力量！**他念著妻子喜愛的座右銘。不知不覺對朴老師露出無可挑剔又生澀的笑容。

「你以後待在這裡就會知道，所有身障人士當中，受害意識最強的就是聾人了。特性是除了自己人以外，什麼人都不相信。如果說使用相同語言的是一個**民族**，他們就是用手語的異邦人。雖然跟我們長得一模一樣，卻是另一個民族，這樣你懂了嗎？另一個民族。語言不同，風俗也不同……謊言也是他們的風俗之一。」

朴老師的話就像推開想要握手言和的他，散發出冷若冰霜的氣息。正如昨天他穿越濃霧的隧道時一樣，他的背上起了雞皮疙瘩。朴老師的臉孔和仰望著他的少年那沼澤般的瞳孔交錯重疊，那眼神雖說很短暫，卻閃現著想向他吐露的急迫懇求。

「聽說你是首爾人，約聘教師，也就是說在一定期間後會離開此地。你似乎不像是留在此地的人。」

上網盯著電腦螢幕的朴老師說完後，回頭看著姜仁浩。雖然很尷尬卻是事實。他倉皇失措，吞吞吐吐地回答：

「這個嘛！既然都開始了……」

當他看見朴老師臉上露出輕蔑的表情後不再說話。此時手機響了，是妻子。他走到教務室外接起電話。上完課回到宿舍的學生，穿著簡單的服裝坐在操場角落的長椅上。他離開校舍，走到操場的盡頭。

「怎麼樣？上課還順利嗎？練習的手語派上用場了嗎？」電話那頭傳來妻子開朗的聲音。他簡短地回答：「嗯！」對於過去六個月以來每天只買黃豆芽，一次煮黃豆芽湯，下一次煮黃豆芽飯，隔天又煮黃豆芽湯的妻子，他無法開口提出「五張小張的」。倒是妻子先開口提起。

「你聽說學校發展基金了吧？我拜託親戚今天匯到你戶頭了。」

姜仁浩當時已經走到操場盡頭，這裡是像天然要塞一樣的峭壁，底下是綿延光滑的沙灘。之外想必是海。退潮時看不見，然而有人這樣說過，某處一定有海洋。他在回答妻子前凝視著沙灘，先整理思緒。沙灘就像是龐大爬蟲類的光滑表殼，尚未完全退去的海水凝集的小水坑正像銀戒指般閃閃發亮。

「你，什麼時候知道……要付那些錢呢？」

他盡可能不提高音量，小心翼翼地說。風讓他的聲音變得低沉，卻讓他的不悅聽起來更清晰。

「你離開之前本來想告訴你……」

妻子的聲音聽起來有些哽咽。他從早上開始就和迎面襲來的自責感作戰，早就筋疲力盡了，他不想察覺到妻子的哭泣。

「為什麼沒說？如果知道這種條件，就不會來這裡了。」

妻子暫時沉默。他的心裡像是貼上了強力藥膏，開始滾燙了起來。他和妻子通話，一邊試圖將注意力放在延伸到天際的沙灘和剩餘的水窪閃閃發亮的銀光，還有蘆葦叢內。他吞了一口口水。

「不去那裡的話，該怎麼辦呢？」

妻子的聲音聽起來意外冷靜。如果妻子哭泣的話，如果女人想吵架時用高八度的聲音大喊大叫的話，那麼早上在校長室感受到的侮蔑，或許就會藉由和妻子的爭吵爆發。然而聽完妻子冷靜的話，他全身無力。

「我對你沒有任何不滿。就算六個月沒工作，你還是偉大的老公，很棒的爸爸。但是你偶爾像道德老師一樣嚴格看待世界上的事，讓人有點疲累。繳學校發展基金，那有什麼不好？如果我們一開始就很有錢，或許也會捐錢給身障學校。繳這個有什麼不好？你就睜一隻眼閉一隻眼，繳了錢吧！你以為現在要當老師這麼容易嗎？」

眼睛有股熱氣流出。他面對沙灘站著，陽光好刺眼，皺起眉頭聽著妻子的話。他或她如果再開口，或許太難堪和幼稚，會讓彼此陷入兩難的局面。他站在峭壁盡頭慢慢開口。

「……對不起，我只想到我自己。」

妻子對於這麼快就投降的他反應有些遲疑，暫時沉默後聽見嗚咽的聲音。

「你要了解，我已經盡可能降低姿態了……」

妻子再次開口。

「我決定明天送世美到托兒所去。我找到工作了。不要問是什麼工作。如果說了，你又會問我為什麼做這種工作。我不是去賣身，也不做什麼壞事。」

他看了峭壁下方，突然覺得**那裡是個很適合死亡的地點**。

17

老師們全部下班後，姜仁浩獨自坐在教務室內。

翻閱著自己擔任導師的學生名冊。有兩名通勤生，其他十名全部是寄宿生。聾啞人士通常區分為兩種，一種是父母當中有一位是聾人，另一種是父母完全正常。前者的情況可能是先天的，後者的情況是出生後因為各種疾病導致聽力神經或內耳破壞所引起。他查看今天哭泣的少年的個人資料。

姓名：全民秀，聽覺障礙二級。
家庭：父，智力障礙一級。母，聽覺障礙二級，智力障礙二級。弟，全永秀，聽覺障礙二級，智力障礙三級。
住家：在外小島。偏僻的小島，放假時也幾乎回不了家。需要另外的特別指導。

現在他才有點懂了。學生死後會如此「安靜」的理由。他再次體會了看著自己的民秀那充滿迫切和懇求的眼神。他想問隔壁的朴老師可不可以翻譯孩子想用手語跟自己說的話。就算他的弟弟死亡只是意外，也要阻止把這當作殺人事件的孩子那無止盡的恐懼。然而知道事實的三十五位學校老師，會手語的人不多。他很想問，那要怎麼教學生呢？這個學校給人的某些感覺，或是某些氣味，還是某種寂靜，讓他難以啟齒。

他翻到下一張。昨天喀啦喀啦吃著餅乾的小女孩名字叫琉璃。

姓名：陳琉璃，聽覺障礙二級，智力障礙三級的多重障礙。
家庭：父，聽覺障礙二級，智力障礙三級。母，行蹤不明，奶奶是實際的監護人。寒暑假時偶爾會回到鄉下的家，只待上三、四天就回來。愛吃東西，看到人就會跟隨。宿舍生活需要特別指導。

他想起在霧中喀啦喀啦吃著餅乾的少女。身材乾瘦嬌小的少女。他試圖跟她說話，她卻發出奇怪的尖叫聲逃跑，霧中的慈愛學院讓他想起尖叫聲的少女。

他翻閱下一頁。今天在班上拿著「昨天他的弟弟死了」的紙張給他看的女孩，名字叫金妍豆。

姓名：金妍豆，聽覺障礙二級。

家庭：父母雙方正常。生活較富裕，然而近來因為事業失敗，加上父親的宿疾，國中一年級開始入住宿舍。伶俐，富有同情心，善於照顧同級生。和智障兒陳琉璃很要好。

孩子們的生活比想像中還要惡劣。他們缺乏生活上的重要能力，就被丟到世界上，再加上家庭的不幸，就像天生沒有爪子的獅子，沒有腳的鹿，沒有耳朵的兔子，被砍掉手的猴子……

姜仁浩從來不覺得自己的運氣很好，很幸福，或是擁有多少才華；然而仔細檢視自己班上學生的處境，胸口突地湧現了未曾有過的奇妙情感。妻子和「五張小張的」讓他像置身在峭壁般茫然；他說不出感謝和幸福的話，然而至少有了覺悟，不讓自己變得更悲慘。他取出手機發簡訊給妻子：跟世美一起好好吃個晚餐。我很抱歉。愛妳。

他整理書桌後從座位上起身。發出和好的簡訊真是太好了。他衷心盼望剛才和他通話後心情難過的妻子可以和女兒一起吃頓豐盛的晚餐。

他希望月底領到薪水後，存一點錢，三個人一起坐在舒適的餐桌旁用餐。

18

走廊那裡已經暗了。白天變得短暫。姜仁浩走到長廊上時聽見了怪聲。實際上剛剛傳簡訊給妻子時，他的耳朵就聽到了微弱的聲音，走在寂靜的走廊上，聲音又傳來了。他沒走到玄關，回頭向後看。聲音從廁所的方向傳來。只是一瞬間，他卻感受到像兩塊龐大的冰河衝撞時激烈的衝突。介入尖叫聲的瞬間，他有種閃光般的預感，他的人生將會往莫名的方向前進。喀啦喀啦，他心中的鐘擺，往這裡，往那裡，又再次往那裡，身體扭曲了。然而下決定的是他的身體。自己不知不覺地尋找聲音的來源。他停下來的地方是女廁前。尖叫聲哇哇哇地傳出。因為女廁的緣故，他在門口猶豫了一下，伸手推門。門上鎖了。他敲敲門。

「裡面有人嗎？發生什麼事嗎？」

他敲門大聲喊叫。在瞬間，他又意識到這裡是聽覺障礙者的學校，廁所裡面的人不是正常人，應該聽不見聲音。敲門的手變得無力。宿舍生活輔導教師從走廊那邊走過，他也聽不見姜仁浩敲門的聲音。他則聽見寄宿生從樓上走下來的腳步聲。他從來沒仔細思考過，原來聽見是這麼了不起的事。聽覺障礙人士從表面上看起來完全不具備身障人士的特徵，連他自己都會瞬間遺忘他們身障的事實。這一刻，在偌大的校舍內聽見尖叫聲的人只有自己而已，這樣想後，他彷彿看到靈界般毛骨悚然了起來。

不久後，尖叫聲停止了。他推了推旁邊男廁的門。他想，下課後把所有廁所的門上鎖，會不會是學校的規則呢？門輕易就打開了。那麼女廁的門一定有人故意上鎖。

他等了一會，沒聽見任何聲音，就走出玄關外。可能是一名女學生肚子痛。他試圖甩掉這種不悅感，安慰自己。這裡的孩子聽不見自己的聲音，或許只是想要放聲大叫。應該不是尖叫吧！

他的臉接觸到潮濕的空氣。太陽下山後，霧從陰涼黑暗的海上再度湧現。雖然不像昨天那麼白茫茫，然而，霧就是霧。

他叼著菸走到停車場，點燃打火機的手不知不覺地顫抖著。疑惑再次湧上心頭。為什麼？到底是誰？上鎖的門內到底發生了什麼事？他將香菸的煙氣吐到淡淡的霧中，壓抑著胸口。停車場上只剩下幾輛車，有昨天的藍色車子。往後看，行政室的燈還亮著。電腦室和校長室的燈也亮著。他坐上自己的車，啟動引擎之後，有個矮小的鬈髮男子帶著長髮女子朝著學校方向走了過來。男子是早上介紹過的宿舍生活輔導教師，名叫朴寶賢。宿舍生活輔導教師大部分都是聽覺障礙人士。鬈髮配上厚重的上眼皮，像老鼠般閃閃發亮的眼睛給人不舒服的感覺，因此才記得他的名字。和男子一起走的女子應該也是聽覺障礙人士，她正比著手語。

他開往警衛室的方向停下車。看到他的車靠近後，警衛從位置上起身，走到外面。

「辛苦了。」

他盡可能保持平常心打招呼。

「哪裡，老師。」

警衛是個有痘疤、臉很寬的男子。

「那個，一樓的女廁有人尖叫。為了以防萬一，你可以過去看一看嗎？」

他打開駕駛座的窗戶這樣說。警衛露出驚訝的表情，微笑著。是多想了嗎？看起來像是嘲笑。在警衛室的燈光下，他黑色的身影覆蓋了一層薄霧。

「啊哈！孩子們有時候無聊也會尖叫，因為他們聽不見聲音。老師不要擔心，小心開車。起霧了。傍晚就起霧，霧應該會很大。」

說完之後，警衛又笑了。說話的語氣本身很恭敬，姜仁浩耳中聽來卻像是「不用擔心，快滾吧！再見！」自他昨天抵達霧津以來，迎面而來的種種不悅感讓他的頭好痛。

19

開車出來後發現學校和村莊有點遠。開車只要五分鐘的距離，但有一大片野生的蘆葦群。他透過後照鏡看見了在霧和黑暗之中抹去輪廓的慈愛學院。點亮宿舍窗戶的燈火在濃霧之中變得蒼白。慈愛學院就像一棟孤立的城寨。霧津的特產濃霧，像厚重的屏障一樣將學校隔離開所有的視線。起霧之後，霧中發生什麼事，外界根本無法得知。

濃霧之中，黯淡的前照燈內出現了某人的形體。他放慢速度。是陳琉璃。琉璃看到他的車停下了腳步，手上仍然拎了一包餅乾。他搖下窗戶，琉璃看著他，嘴中的餅乾喀啦喀啦地咬著。孩子在這麼晚的時刻，再加上起了濃霧，這樣隨便跑到宿舍外面看起來好危險。她是智能障礙三級，只有幼稚園生程度認知能力的多重障礙兒童。身材比一般的少女嬌小，他卻意外發現她有個成熟的胸部。

琉璃認出他時露出了微笑，和昨天看到他害怕尖叫的情境不同。她的眼神清澈天真。他向琉璃微笑，比手勢要她快點回去。琉璃害羞地朝著學校跑去。他停在路邊等待琉璃進入學校內。這是從村莊通往慈愛學院的路，沒有任何來往的車輛。他看到琉璃進入霧那一頭的校門，才開車出發。這當中妻子傳來了簡訊：我們認真地生活吧！我也會好好忍耐。我很抱歉，我也愛你。

確認妻子的簡訊後，他突然成為虔誠的教徒，想向某人祈禱。**想拜託神明守護他們。他，妻子，他唯一的女兒世美，失去弟弟的民秀，脆弱天真的琉璃，還有他在霧津的停留。**

20

那天晚上，警衛打開電視的歌謠節目打著瞌睡。短髮少女在霧中摸索著走出校門，兩手空空，沒有穿外出服。通過校門後少女開始跑了起來。潮濕的霧讓少女的呼吸困難，抵達距離校門一公里的巴士站時，少女彎下腰大口大口地喘氣。巴士站有個穿著老舊黑色西裝的男子等待著。他用焦躁的表情轉著手表，催促少女進到自己的車上。車子往霧津市區方向出發。就像戲劇結束放下簾幕一樣，霧遮住了他們的身影。

21

隔天早晨，姜仁浩提著購物袋來敲行政室的門，不管這最後一次是所謂的背叛、妥協，還是無責任心，他終於下定了決心。他活了三十四年，也不是個可以問心無愧的人。曾經偷偷背著妻子和酒店女子過夜，做生意時也曾逃漏稅。看到同學發達開著高級外國跑車，自己希望他能在快速的時間內破產，也對朋友的美女老婆有過異常的情欲。然而似乎從未答應過如此露骨的行賄，也是第一次如此委屈自己來上班。他再次想起妻子的話。如果他是個有錢人，遇見好父母，繼承龐大的土地，或許也會為了聽覺障礙兒童捐贈超過這十倍的金錢。

打開行政室的門，意外發現昨天和他在校長室碰面的霧津警察局的姜督察來了。行政室長和姜督察正談論什麼嚴重的話題，一瞧見他，兩人卻快速露出假笑，想要強調沒什麼事地乾咳了一聲。有別於一派輕鬆的姜督察，臉色緊繃的行政室長李江福的視線快速地掃視過他的購物袋。

「啊，姜老師……那個，放在那邊桌上就好了。」

姜督察和姜仁浩四目相望，眼神在空中強烈地碰撞。他從目光中感受到形體不明的攻擊性。姜督察用老練的微笑說道：

「我們又見面了。霧很濃，昨天晚上一定很害怕吧！聽說你是從首爾來的，濃霧一定讓你很不知所措。不曉得是不是地球暖化的緣故，最近霧變得愈來愈大了。」

姜仁浩感受到不必要的關心語氣。或許是察覺到他提的購物袋印有銀行的標誌。

「啊！對啊！」

姜仁浩走過他們身邊，將裝錢的購物袋放在行政室長李江福的辦公桌上。在警察的面前公然犯罪，有種令人不悅的緊張感，讓他的動作僵硬。

「首爾人應該也想知道。霧津，該怎麼說呢？也有特別之處。雖然喜歡首爾，可是該怎麼說呢……對於首爾這樣的地方有某種情結。長期定居在首爾的人回到故鄉，都充滿著不滿。這裡為什麼這樣，那裡為什麼那樣。可是實際上卻在首爾繳稅，也在首爾買房子，只不過是來這裡投資土地罷了。當然……我這可不是在說姜老師。」

姜督察的話變多了，姜仁浩只能待在他們身邊。然而他們也沒叫他坐下，他禮貌性地微笑準備離開時，姜督察再次開口。

「找一天一起喝一杯吧！霧津是個吃喝玩樂還算不賴的都市。」

22

進入班級後檢查人數，沒看見妍豆。他知道住宿的學生如果身體不舒服會事先通知，可是早上和宿舍生活輔導教師開朝會時卻沒聽說任何事。他走到妍豆的位置問學生妍豆到哪去了。大家都比不知道的手勢，眨眨眼。他在黑板上簡單地寫下早上條列事項，就回到教務室。

坐在旁邊的朴老師正在毆打一名中三男孩的臉頰。出手非常凶狠，毫不留情，然而坐在教務室的人都假裝沒看見。學生似乎已經被揍太多次，臉頰泛紅浮腫。姜仁浩想坐在位子上的瞬間，男孩搖搖晃晃地和他撞在一起。他假裝要抓住男孩，迅速將他拉到自己身邊，稍微遠離朴老師的位置。朴老師似乎察覺到他的視線，攤開雙手說：

「不管到哪裡，這些傢伙都沒血沒淚……在學校內撒野，再被我抓到就殺了你。」

男孩是聽覺障礙生。他聽得懂對自己的指責嗎？以國中三年級而言，男孩的身材矮小，也感覺不到這個年紀的反抗心。泛紅浮腫的臉低低的，斗大的眼淚不斷滑落。

「快滾！」

朴老師用腳踢他。男孩踉踉蹌蹌地走出教務室。尷尬的沉默縈迴在朴老師和他之間。雖然是同事，但是無法開口問為什麼要痛扁學生。

他去找教務部長詢問妍豆缺席的原因。教務部長用忘記提起的表情說：

「昨晚無故離開宿舍後又回來了。現在和學生部長在面談中，面談結束後就會回教室了，應該是這樣吧！」

「那個，學生現在在哪兒呢？有沒有我可以幫得上忙的事……」

教務部長什麼都沒想就回答。

「應該在電腦室。」

既不是面談室也不是學生輔導室，待在電腦室真的很奇怪。他第一節沒有課，準備上二樓前往電腦室。

剛爬到二樓，看見姜督察和行政室長從電腦室走出來。兩人交頭接耳竊竊私語，似乎在策畫什麼陰謀，送走姜督察的行政室長再度消失在電腦室裡。他趕緊退回。剛才在行政室時姜督察對他表現出過度的關心，這件事讓他耿耿於懷。他走到樓梯中間的平台，取出手機假裝和某人通話，望著窗外說：

「對！是我。我來到霧津了。這邊的學校？還可以……」

他的背後傳來姜督察經過的聲響。腳步在他背後停留。像是被逮到的現行犯，他的後腦勺感受到一股寒意。姜督察的腳步聲再度響起快速地下樓。

他像是結冰般地站在原地。伶俐的妍豆為何無故離開宿舍，還有姜督察和行政室長為什麼撇開擔任級任導師的自己，把學生帶到電腦室，這真的很奇怪。回到二樓，二樓走廊很安靜。他走近電腦室，和教室有點距離的電腦室傳出高喊聲。

23

「是誰教妳的？嗯？」

沉默。

「誰叫妳這樣做的？誰開車載妳？是誰？」

沉默。

「不快說的話，就把妳抓到警察局去！」

之後聽見少女的尖叫聲。姜仁浩抓住門把。金屬冰涼的觸感透過手心傳達到背脊。或許就像昨天的女廁門把一樣緊緊地上鎖了，茫然的期待和恐怖包圍著他。門把順利地轉開了，反倒教人害怕起來。

仿如偶然跨出的腳步陷入沼澤中，姜仁浩圓睜雙眼仰望著不真實的恐懼。他盡可能地安靜推開門。電腦室放置電腦的書桌上都有高聳的隔板，什麼都看不見。應該是學校太安靜了，他轉動門把的聲音聽起來太大聲，有人高喊著：

「是誰？」

「啊！我們班的學生在這裡……」

姜仁浩用慌張的聲音回答，走近聲音的來源。跟他猜想的一樣，姸豆在那裡。姸豆身邊的不是學生部長，是行政室長和另一名女子。他第一次見到的臉孔，應該是女子宿舍的生活輔導教師。她將行政室長的話用手語翻譯給姸豆聽。

「那個，因為我們班的學生缺席，教務部長說……應該在這裡……」

還搞不清楚情況就捲入其中，他盡可能壓低聲音想取得諒解。強調是**教務部長**告訴他。理應的介入卻感覺到罪惡，有點太離譜了，不過他想充分展現出卑微。行政室長是校長的弟弟，也是創辦人的兒子，沒有必要忤逆他。來到這所學校任課，才過了一天，他就自動有這種反應。

「你們班的學生？你算哪根蔥？還不立刻給我滾出去。」

一瞬間姸豆看著姜仁浩。不曉得是因為頭被打，還是頭髮散亂，她的臉龐充滿著恐懼。恐懼中的姸豆眼睛發出了閃耀的光芒，就像是黑暗的海洋發出青光的救難訊號。然而在行政室長的怒斥前面，光芒逐漸變得微弱。

「還不知道我們班的學生犯了什麼錯，但我身為級任導師……」他意識到姸豆眼中消失的青色求救訊號，下意識地慢慢說。

「未經許可就離開宿舍，而且還是在晚上，這是無法原諒的事。再加上已經是大女孩了。」

女子用冷冷的眼神看著姜仁浩說。瘦長身軀的女子頭上綁著馬尾，語氣透露出金屬般的寒冷。不曉得是不是因為濃妝的緣故，看起來很凶狠。

「話是這樣說沒錯，先讓學生上課，等一下放學後再說……」

「真是的，你這傢伙是從哪兒跑來的？你現在是教訓誰啊？你沒看到連警察局都派人來了嗎？現在學校都被搞得天翻地覆了，你不想當老師的話，還有很多人等著排隊呢！」

行政室長以令人無可奈何的表情，帶著微笑說道。姜仁浩心想，**就算是在聽不見的孩子面前，再怎麼說這裡也是學校。就算是約聘老師，好歹也是老師。**然而行政室長一點都不客氣。

姜仁浩想起從昨天早上就包圍著他的野蠻的預感，正像海邊的腥臭味，團團圍著他。像心臟被子彈命中一樣，他晃動了一下。

24

那天下午課都上完了，妍豆還是沒回到班上。學生們的臉上再次浮現面具般的僵硬神情。昨天第一天上任，有一種攪動一池污水的心情，今天則有一種進入滿是污水的浴池，連頭都沉到水底的心情。他完全不懂怎麼會有這樣的待遇，怎麼會有這樣的語氣和行為。如果不是下定了決心，自己的存在簡直就像濕透的衛生紙被沖進馬桶一般。雖然還不至於到中槍的程度，但不安感仍然持續著。

下課後他先進入慈愛學院網頁查詢妍豆的宿舍生活輔導教師。八位生活輔導教師中有一位綁馬尾的女性，二十五歲，名字叫潤慈愛。不曉得她和慈愛學院有什麼關係，因為慈愛這個名字，他再次檢閱她的檔案。

打掃完教室，學生們回去後，他到宿舍找妍豆。女學生的宿舍在慈愛院三樓。他通過慈愛學院和慈愛院連結的長廊，尋找妍豆的房間。國中一、二、三年級的女學生，六個人共同使用一個房間。有三個雙層床鋪，窗戶旁擺放著大型書桌。窗外遠處的沙灘，就像大型爬蟲類的背一樣彎曲延伸，打開窗戶的白色蕾絲窗簾，微風正從窗外吹拂而來。清潔狀態相當良好，家具也不算太老舊。他在來這裡之前就聽說學校得過教育廳的表揚，是個不錯的福利機構。倘若他不曉得所有的不安，來到此處拜訪，或許會交出一份佩服不已的報告，稱許教育廳對於孩子的幫助照顧。

看到他進來，四名學生從位子上起身，一臉相當驚訝的表情。只有琉璃還是坐著。智力障礙三級，抱著小熊玩偶的琉璃，臉上充滿著驚恐。

——妍豆在那裡？

他用手語詢問四名學生。學生沒回答。表情看起來不像是不知道，而是**我們不能說**。

——琉璃啊！妳和妍豆不是朋友嗎？妍豆在哪裡呢？

琉璃的視線往下沉，撫摸著小熊玩偶的頭。如果再繼續撫摸，老舊的熊玩偶似乎會破裂，棉花也會掉出來。琉璃頑強地避開他的視線。

他想起透過子音和母音能夠傳達的內容不到百分之十。子音和母音組成的語言，說話時的音色、前後脈絡再加上說話者的態度，才能完全填補其意義。剛開始用即時通時，他經常在線上和妻子吵架。這都是因為網路空間無法徹底傳達肢體語言和音調的緣故。不，不僅僅適用即時通對話。他想起了女兒世美。被罵之後，五歲的女兒說：「我討厭爸爸！」然而前後的脈絡、情況和世美的肢體語言，都沒有說「我討厭爸爸！」在他心中的翻譯是：「爸爸對我不好，我好難過。如果爸爸多疼愛我一點就好了。我想從爸爸身上得到愛。」這是很簡單的事。他愛女兒世美，因此能夠立刻接受女兒的語言意義。

浮現的世美臉龐上交疊著早上妍豆眼神中短暫明滅的青光。姜仁浩試圖想用拙劣的手語傳達心意，他再次說。

——我真的很擔心妍豆。

學生們互相對看著，比起小手勢。以聲音的語言而言，似乎是在嘰嘰喳喳地討論，是他無法理解的手語。

——告訴我吧！我真的很想幫妍豆。我願意幫你們做所有的事。

做夢也沒想到當了老師後會對學生用這樣的字彙。

「你現在在這裡演戲嗎？你又不是當一一九救難隊員才到那裡。夠了吧！」

阻止他到霧津擔任特殊學校老師的事業夥伴，可能會這樣對他說。

「人生是終極的。你曾經幫過別人嗎？幫助只是為了填滿幫助者的自滿罷了。算了！別人開口時再幫忙也不遲。」

他曾經在朋友想幫助不幸的徐幼真時這樣說過。

「你為什麼這樣？不要再傷害我的自尊心了。」

彷彿聽見來自妻子的聲音。他在妻子的話語面前始終低著頭。善良年老的姜仁浩在心底說：

「說真的。你其實不是像徐幼真說的那樣，為了做好事才來到這裡。你只不過是為了領薪水才來到這裡。當然，一邊領薪水，一邊做好事也不錯。ＯＫ！可是就到此為止吧！

你活了三十四歲，經過了無數次的失敗，還不懂嗎？你還不如一個智力障礙三級的女孩。這樣的話，就去領基本年金吧！開玩笑的！那麼現在就用擔心的表情詢問他們，立刻回去，假裝什麼都不知道。這樣的話你就做了自己該做的事。都是因為學生不願意回答。你昨天才剛到這裡，什麼都不曉得。你以為你在拍推理電影嗎？就這樣吧！」

下班時可以約徐幼真出來，一起喝一杯燒酒，一起說話。

「學姊這樣，我也是如此，我們只是巨大社會的零件罷了。少了我們兩個，世界依然能夠運轉。我們去KTV吧！都是這樣！都是這樣。我們去唱歌吧！」

然後從KTV出來後送她回家，喝醉的他經過私娼寮時或許會去找斜眼看人的小娼女。

運氣差，或是運氣好的話，那名女孩或者會抓著自己咯咯笑著說：「散發首爾滋味的叔叔。」他將毫無招架之力跟隨她而去。把這些都看在眼底的徐幼真會用無可救藥的表情問：

「姜仁浩！你真的想這樣過日子嗎？」

「我不想，可是那也沒辦法。大家都這麼做！」這樣回答就好了。

然而，起身的琉璃意外地拉住他的衣袖。

其他四名少女的臉上就像黑暗中的火柴熄滅一樣，充滿著恐懼。他知道了，琉璃，智力障礙三級的琉璃會帶領他前往恐怖的根源，這是他盼望的，同時又是他完全不盼望的。

25

將熊玩偶抱在懷裡的琉璃，在陰暗的走廊上搶先走在他前面。他跟上來之後，就快速地跑在前面，在遠處轉過身等他慢慢走過去，似乎是在說要間隔三四步跟上來。下課的男學生為了用電腦聚集在一起，準備前往電腦室，看到他之後點頭致意。

風似乎很強勁。宿舍窗外可見ㄱ字型的學院建築，教務室的燈光在淺藍色的夜晚之中閃爍著，窗外的樹木像鬆開的頭髮般隨風飄揚。他迷惑地跟著琉璃走。走在前方的琉璃，出乎意料沒發出任何腳步聲。她像小天使一樣輕盈地飛翔在走廊上方。姜仁浩聽著自己的腳步聲迴盪於陰暗的走廊，跟隨琉璃爬上頂樓。琉璃停下來之前，他耳朵聽見的聲音居然是轉動中洗衣機的聲音。陰暗的走廊盡頭，唯一亮燈的地方就是洗衣室，看見他察覺之後，琉璃輕輕轉身走了。琉璃穿著的深藍色衣服消失在走廊的瞬間，洗衣室的門內傳來尖叫聲。

他打開洗衣室的門。宿舍學生自行洗衣的寬敞作業室，在大型洗衣機前，有三名塊頭高的女孩聚集在一起。片刻間，他懷疑自己看錯了。兩名女孩在兩邊抓住妍豆的肩膀，另一名將妍豆的手強行放入洗衣機內。有安全裝置的洗衣機脫水功能正在停止中，然而滾筒仍然以快速的速度轉動，妍豆放聲尖叫。

「妳們在做什麼？」

姜仁浩不知不覺地大喊。回頭的人只有一個，是潤慈愛。她尖銳的眼睛和他對望。她的眼神意外地充滿著憤怒，看起來卻很淒楚。他走近抓住妍豆肩膀的瞬間，其他三名學生和妍豆同時回頭。他不知不覺將妍豆拉向他自己。妍豆意外地抗拒，然後才察覺老師是為了自己才來到這裡，便將身體瑟縮在他的身後。打開蓋子後會自動停止的洗衣機脫水聲音在他耳邊響起。

「妳到底對孩子做些什麼？」

他怒視著唯一聽得見的潤慈愛。剛剛在個人資料中確認過她是二十五歲，以這個年紀而言，他的聲音或許聽起來太過充滿憤怒。包圍著他們的三名女孩，在日光燈下臉色變得鐵青。

「我正在教育她。」

潤慈愛用理直氣壯的語氣回答。過度理直氣壯的語氣，讓他從剛剛就狂跳不已的胸口稍微鎮定下來。他轉頭看背後的妍豆，檢視手臂。妍豆的手因為放進洗衣機內，受傷的傷痕泛紅，幸好沒有什麼傷口。

——**有沒有哪裡受傷？妳還好嗎？**

妍豆還喘著氣，用探索的眼神像要看穿似的盯著他。

「這是私刑……對學生做這種事……你不是輔導教師嗎？大韓民國是這樣教育學生的嗎？」

他確認妍豆傷勢不算太嚴重後，刻意壓抑怒火向潤慈愛說。

「哈！我以為請了個老師，沒想到來了個律師。」

潤慈愛嗤之以鼻地高聲狂笑了起來。其他三名女學生也跟著有樣學樣。

「怎麼樣？要不要被偽裝成臨時教師的律師告啊？」

他大聲地說。經歷了校長、行政室長、同事的侮辱，現在連二十五歲的無名小卒也要羞辱他，想到這裡，他的肩膀就因為憤怒而抖動著。然而潤慈愛的嘴角卻露出一抹微笑。

「這裡是慈愛院，是我們宿舍所屬。這不是老師該干涉的事。」

潤慈愛理直氣壯的口吻卻有點畏縮。這不是對他合理的權威投降，而是因為他是男人，可使用強大的腕力。他咬著嘴唇怒視著她。真的很想狠狠揍她一頓，或許能夠將來到這裡遭受的侮辱一筆勾銷。她似乎察覺出他的念頭。他得利用她的恐懼走出這裡。他的眼光銳利，丟下一句話。

「我把學生帶走了。就算妳是宿舍輔導教師，也不能有暴力行為。如果膽敢對我們班的學生做這種事，我不會饒了妳。」

姜仁浩抓住妍豆的手。妍豆的手跟冰塊一樣僵硬，連他都能感覺到抗拒。她看起來似乎非常不舒服。走到走廊上後他稍微放開妍豆的手，用生澀的手語說：

——**不要違背規則。我想幫助妳**。

「保護妳自己，妳必須保護自己。」

姜仁浩最後一句話無法用手語完全表達，只好高喊出聲，妍豆黑色的眼睛變得更大。自己居然對一整天都遭人訊問，剛剛還被嚴刑拷問的孩子放聲大叫，他好討厭自己。倘若可以用言語說明的話，他想對妍豆說其他話。如果能多說一些話，或許可以懷著某種情緒傳達自己的心情。然而這是手語。他再次牽起妍豆的手，背後傳來跟著他們的潤慈愛和三名女學生的腳步聲。人生在世居然也會像這樣強烈地意識到所有的聲音。才兩天，他就累了。

「他媽的！他媽的！聽不見，聽不懂話，真是他媽的！」

他不知不覺開始自言自語起來。再次被他抓住手的姸豆，不舒服地扭動手指。他嘆了一口氣。現在他連手語都放棄了，自言自語了起來。

「辛辛苦苦來到這裡，重新開始，連自尊心都放棄了，我的情況也不太妙啊！不應該是這樣啊！拜託妳也相信我吧，妳就乖乖地跟著我吧！拜託！」

他對於姸豆想要掙脫他的手非常不悅，再度握緊姸豆扭動的手。可是姸豆的手似乎在寫些什麼。好像他的手掌是紙張一樣，姸豆似乎想在他的手掌上寫些什麼。聽見跟著他和姸豆的腳步聲，他頸背的寒毛似乎都要豎起來了。

「010？」

他的手掌感覺到姸豆的手指，讀取暗號。

他不曉得到底是數字「010」還是韓文的「이」字。他的嘴緊閉，將全身的神經專注在手掌上。不曉得是否感受到他的手傳達的緊張感，姸豆慢慢正確地在他的手上寫字。這次，他終於讀懂姸豆的手指了。

「010-9987-×××，媽媽的電話，拜託來會面。」

他聽見背後跟上來的腳步聲，看著姸豆。姸豆沒看他，似乎不在乎了。姸豆再次寫下相同的數字和文字。他等姸豆忙碌的手指停下來，用自己的手指在她的手上寫下：

「OK。」

拚命看著前方向前走的姸豆的眼睛，這才滑落下豆大的淚珠。

為了記住妍豆告訴他的號碼，他不能說話，什麼都不能想，甚至不能大聲呼吸。妍豆是個靈巧的孩子。這個靈巧的孩子相信自己，學生相信老師是理所當然的事，但是他不曉得這麼快樂。菸酒已滲透他的腦中，他經常將好朋友的電話號碼，還有妻子的生日和結婚紀念日，甚至是女兒的生日忘得一乾二淨。好不容易才將妍豆帶回宿舍，他在走廊上跑得上氣不接下氣，進入教務室，彎著腰拿起筆將號碼寫在書桌上的便條紙。如果他再年輕一點，如果他的頭腦不被菸酒和世上的墮落麻痺，那麼就像某個年輕的日子，就像聽見明熙家電話號碼的瞬間就背起來的那天一樣記憶力絕佳的話，或許他就有時間猶豫。然而他無法猶豫。他將紙條撕下來後坐上車。確認窗戶關上後，他打了電話，鈴聲響了幾次後，出現一名中年女子疲憊的聲音。

「請問是妍豆的母親嗎？我是妍豆的新級任導師姜仁浩。」

這是漫長事件的開始。

26

「啊！老師，我應該要去拜訪你，真是抱歉。後天孩子的爸要動手術，我現在人在首爾的大醫院……真的很抱歉。」

妍豆的母親似乎是個善良的人，經常用充滿歉意的語氣說話。

「啊……後天要動手術嗎？」

姜仁浩撫摸著方向盤的手突然無力地滑落下來。

「是癌症，醫生說要先開腹。我們霧津那裡的商店暫時也關了……我現在也不知道該怎麼辦才好。妍豆還好嗎？」

「啊！這樣啊！她很好。您應該很擔心吧！」

「把孩子寄放在那裡，什麼都不能做，真的很抱歉。孩子八歲時耳聾，沒有錢醫治。對我們而言，就像天塌下來一樣，可是國家和學校實在對我們太好了。一毛錢都不收，免費照顧教導孩子。我們真的很感激哪！去年孩子的爸還算健康時，抓了兩隻豬孝敬老師，可是今年，真的很抱歉哪！老師。」

他邊聽著妍豆母親的話，邊望著黑暗的校園。風刮得更猛烈了，中央玄關前的冬柏樹枝都開始搖搖晃晃。颳風至少不會有霧，反而因為風的緣故，空氣得以清澈透明。黑色天空上散落四處的星星，則像雞皮疙瘩一樣突起。

曾經有段時間很愛古詩「人間到處有青山」這句話。有些朋友到學校街道前的酒吧，故意戲謔地把詩念成人間到處有清酒、人間到處有燒酒。當時在年輕姜仁浩的眼中，世界比現在更不幸和不義，然而不幸和不義至少不是讓他變得悲慘的起因。這世界像相框內的圖畫那般鮮明抽象，又像古典文句一樣充滿爭議。至少站在江的這一邊，有容許自己吐一口痰的街道。這和我的飯碗有關不是嗎？可是在霧津定居還不到三天，他卻有了人間到處有苦楚的想法。或許有一天會變成人間到處有悲慘。不，應該說是人間到處有禽獸。

「妍豆，她啊，說很想見媽媽，所以才拜託我打電話。也不是什麼特別的事。青春期的孩子，總是有些敏感。這個時候大家都……」

他的話沒說完。最後想起來努力不看他、望著前方的妍豆眼中滴下的一顆顆眼淚。敏感的孩子，聽不見的孩子，把青春期的少女關起來毒打拷問……突然他振作了精神。就像走在路上不斷地被甩耳光，逐一聽著被打耳光的原因，道歉後回去仔細思索，才了解所有事情從一開始就很莫名其妙。

他的車後方有一輛進口車發動了。一樣是藍色的車，然而和行政室長的車外型有些不同。他透過後照鏡看到是校長。校長開車，旁邊坐的人居然是潤慈愛。她將身體靠近駕駛座，向校長認真地說明些什麼。他從她的肢體動作看到了不曾見到的嬌媚姿態。他沒發動車子，坐在黑暗之中等到校長的車完全離開視線。

27

妍豆的母親意外在隔天朝會開始前出現在學校。警衛室事先打電話來。原來不曉得該如何告訴妍豆說她母親不能來，心情不太好的姜仁浩，接到警衛的電話後，手指在桌上敲打著，陷入沉思中，然後起身走到校舍外，似乎是想到妍豆的母親走到教務室可能不太好。遠遠地有個女人正往這個方向走過來，他走上前去。女人的外型匯集了大韓民國中年婦女的所有特徵：身材嬌小，肥胖，臉色暗沉，有著因為生活受了許多苦的表情。在有點厚重的眼皮下，清澈的眼神和緊閉的嘴形，讓人聯想到妍豆可愛的臉。

「您是妍豆的母親嗎？我是打電話給您的老師姜仁浩。」

若有所思默默走路的妍豆母親嚇了一跳，看著他。

「哎呀！老師怎麼會跑到外面來接我？」

「妍豆父親的手術呢？」

「那個啊！日子決定好了。最後的檢查發現，肝酵素數值似乎降不下來，昨天晚上確定手術延期，一個月後住院，所以我先來這裡看妍豆，再回去首爾，明後天會出院。最近經常夢到她……再加上妍豆的身體雖然不太好，卻是個處處替母親著想的孩子，明明知道父親要動手術，還叫我來，應該不是普通的事，這樣一想我的心情就很不安……老師，妍豆是不是哪裡不舒服？我可以見她嗎？」

姜仁浩拉著妍豆母親走到樹葉茂盛的冬柏樹後。這是從教務室或行政室都無法看到的地點，他首先確認他們無法觀察到自己後，低聲說道：

「首先申請面會，需要時也申請外宿。不要說我打電話的事，就說家裡有事，不然也可以用父親手術當作藉口。還有問妍豆，詢問她什麼事讓她苦惱。和妍豆溝通……」

「我會手語。自從知道孩子聽不見之後……我就學了。」

妍豆的母親說完知道自己的孩子會聽不見後，猶豫了一下接著說，身障兒童的父母經歷的第一個也是最艱難的試煉就是認定身障的事實，對她而言記憶相當艱辛。

「我來這裡當級任導師還不到幾天，可是妍豆好像發生什麼事了。」

「什麼事……」

妍豆的母親臉上充滿了恐懼。如果辛酸的生活再增添任何一點擔憂，彷彿就要墜落至懸崖下的疲憊表情。然而疲憊的表情下，浮現了母性的清澈光輝。生活辛苦的女人為了孩子學習手語，就是件不得了的事。這或許就像用新的外語和孩子對話一般艱難。一般的聽覺障礙青少年因為家人不學習他們的手語，感受到強烈的阻隔。這樣想之後，他堅定地信賴這位母親臉上散發出的母性光芒。

28

很久都不曾有過的秋天天氣。窗外的天空晴朗，被濃霧覆蓋的霧津，天氣似乎也有了廉恥心的樣子。徐幼真坐在辦公桌後，寄出當天要處理的電子郵件，準備要下班了。這時傳來了敲門聲。說聲「請進」，過了一會兒門還是沒開。她從位置上起身，還沒靠近門，一名個頭矮小肥胖的女子推開門走了進來。

「有什麼事嗎？」

女人像是哭了很久一樣，眼睛浮腫，充滿血絲。

「這裡是**霧津人**……」

女人似乎打從出生以來就沒用過人權這樣的字眼，無法順利脫口說出。

「對，**霧津人權運動中心**。您有什麼事嗎？」

女人猶豫地低著頭，咬著嘴唇。快要爆發的哭泣，讓她的脖子上下鼓動。似乎有許多不可告人的隱情。

「如果是我們幫得上忙的事，我會盡力協助。請過來這裡。」

徐幼真帶領女人走到諮詢室。女人一副遲疑的樣子，坐在位置上看著她。

「有女性在場真的太好了。我來的時候還想，如果是男人，該怎麼辦才好。」

徐幼真聽完女人的話，猜想她的來訪和性有關。她隨即以從容不迫的表情等待女人開口。女人緩緩啟齒，看著她。

「這些事到底該怎麼辦……到底該告訴誰。」

徐幼真蓋上翻開的日誌。

「我們會盡可能協助，請您儘管開口。」

女人開始哭泣，眼淚不斷地流下來。徐幼真將面紙盒放在女人面前。女人不安地環顧諮詢室，最後說：

「可以把門關上嗎？」

29

徐幼真站著望向窗外。夜晚降臨了，街道上開始亮起一、兩盞燈。

「天氣太好了。到海邊點一尾海鯽仔，配上一杯燒酒，真是太棒了。徐前輩，妳為什麼不開燈站在那裡？」

外出的一名男幹事打開門走進來。他打開燈後，徐幼真以僵硬的表情看著他。

「家裡發生什麼事了嗎？妳的臉色怎麼這麼難看？小女兒又生病了嗎？」

她呆呆地望著男幹事，蒼白又恍神，像是掉了什麼重要的東西。站了一會後她說：

「鄭幹事，明天一大早，召集我們的幹事和諮詢委員。還有，從現在開始盡可能調查慈愛學院。這不是尋常的事。今天有人來了，跟慈愛學院理事長的兒子有關。另一方是身障兒童。」

30

深夜姜仁浩正煮著泡麵來吃，電視頻道四處轉台。第一次發現吃的行為有多麻煩。他從當兵入伍以來，第一次對於母親與人生當中的女人有了真正的認識：不是感謝，而是偉大，一天得三次準備家人的餐點。幸好他白天可以在慈愛學院的餐廳解決午餐。

此時手機響起了。是徐幼真。她是他在霧津最親近的人，到這裡還不到一個星期，就幫他準備泡菜和小菜。他心存感激，另一方面又覺得有點麻煩。就男人的立場而言，她屬於話多的類型。大學時好像不是這樣，然而女人上了年紀之後，話就自然變多了，他單純地這麼想。初次看到她的改變時，有種她孤單好久的感覺，但是現在對兩人而言都不是好事。總之，話多的她變開朗了，他卻很疲憊，雖然這樣才不至於感到寂寞。他猶豫了一下接起電話。

「不想接電話嗎？」

她的聲音低沉。跟平常像大姊一樣問「吃過飯了嗎」、「要不要拿一點泡菜過去」的口氣不一樣。「這麼晚打電話，真的很抱歉。發生了重要的事。如果你不介意，我可以過去嗎？還是你要出來？」

他習慣性地環顧四周。丟下來的白襯衫與襪子，還沒洗的碗盤堆在洗碗槽裡面。

「我家有點……」

他將吃過的泡麵鍋放在洗碗槽內就出門去了。她在大樓入口前雙手在胸前交叉等待著。他走近後，她說：「我還沒吃飯，去可以吃東西的地方。」然後急忙地向前走。

坐在馬鈴薯鍋店，她連喝了三杯燒酒後，才嘆了一口氣望著他。

「妳不是說有重要的事？」

「妍豆，金妍豆。」

徐幼真的口中冒出妍豆的名字，他正想用筷子夾馬鈴薯，一時停下來看著她。

「幾天前她母親到中心來，好不容易才開口說出來。」

他的腦中一瞬間快速掠過在霧津停留之後的一些事。

雖然不明白原因，但是該來的總是要來。

他將一塊馬鈴薯放入口中，稀哩呼嚕地嚼了起來。

「她幾天前在學校遭到性侵。是校長。」

他望著她。這些話太突然了。

「被拖到學校廁所去……幾乎接近性暴力……我認為……」

她似乎介意說話的對象是男人，暫時沉默，之後像是下定決心般地繼續說下去。

「……我沒法不去想他沒到手——她的年紀還這麼小。」

說完最後一句話後，她緊閉著嘴唇。

31

他的一生當中曾經有過幾次像是被雷狠狠擊中的經驗。聽到父親因為交通意外過世的消息時，在軍隊時被長官毫無理由揮過來的拳頭毆打且束手無策時，還有聽說明熙自殺的消息時。這些事是人生在世不得不經歷、還可以一邊和朋友訴苦，一邊喝杯燒酒解悶的事。但是現在從徐幼真口中說出的話，感覺上不像是人世間的事。這不像是雷擊，反而像是有人不斷地痛打後腦勺，他像是接觸到強烈的電流般，全身戰慄，什麼都無法思考。

「妳說什麼……」

徐幼真若有所思地攪動著馬鈴薯鍋，看到姜仁浩吃驚的表情，意外地笑了出來。

「難以置信吧？我也一樣。可是孩子陳述的內容相當一致，而且很詳細。令人驚嚇的程度……」

她的表情再次變得凝重。他想起和校長碰面的時候，那傲慢的肩膀，輕蔑的視線，禿頭細長白皙的臉，配上薄嘴唇，給人冷酷殘忍的印象。然而年近六十的校長想對中學二年級不會說話的少女進行性暴力，太令人無法置信。

慈愛學院創辦人的兒子兼校長，只要他想要，什麼女人都能到手。街道上滿滿的都是妓女。沙龍、咖啡館、酒店、按摩店、情趣電話沙龍……販賣自己的性器賺錢的年輕女人，就像是躺在陳列台上的魚一樣，在華麗墮落的街道上到處都是。如同姜督察所說，霧津是個吃喝玩樂的好地方。換句話說，校長具備經濟能力，連會說話的女人也能買到。性的品質和量也可以根據財富的比例分配。

「未免也太差勁了吧！快六十歲的校長，居然在學校對學生下手。更誇張的還是在廁所！」

她愈想愈氣憤。

此時，姜仁浩的腦中將那天晚上聽見女廁上鎖門內的尖叫聲和她的說明聯想起來。倘若這是事實的話，那一天在女廁聽見的尖叫是妍豆的叫聲，他敲門時校長摀住妍豆的嘴巴！妍豆聽不見新來級任導師敲門的聲音，無法使出必死的抵抗。他離開後，校長繼續對妍豆性侵，試圖進行性暴力。倘若他再稍微關心一下，一腳踹開上鎖的門衝進去，倘若他叫某人過來開門的話……

他快速迴避徐幼真的視線，胸口撲通撲通地狂跳了起來。抵達霧津市的那一天，看到想要勾引自己的妓女，徐幼真臉上浮現的羞恥，現在也出現在他臉上。那天他開玩笑地對她說，世界上的所有聲色場所不是她的責任，當然任職學校校長的人格也絕對不是他的責任，但他實在覺得丟臉；並且感受到身為現場的證人、身為老師的痛楚。不曉得是不是因為羞恥心的緣故，他無法告訴她，那天自己在廁所外聽見尖叫聲。

「因此妍豆那天晚上就偷偷離開學校，在學校一名生活輔導教師宋夏燮的協助下，向性暴力中心投訴，又寫了陳述書後向警察報案才回來……性暴力中心並沒有立刻將女孩送往醫院，或是進行隔離措施……」

徐幼真看著避開視線的他繼續說道：

「更荒謬的是還將孩子送回有性侵害者的學校去。妍豆的母親也一樣。妍豆的母親居然毫不驚慌……怎麼會有這種事。還以為向警察局報案調查就行了，可是我們在打聽之下，隔天早上就撤銷告訴了。未成年者強制性侵罪刑成立，受害者要未滿十三歲才有可能，超過這個年紀就是告訴乃論罪，如果撤銷告訴就算結案了。至於為什麼撤銷告訴，這個姜老師你也知道。妍豆在學校被動私刑，逼她寫下自己做了虛偽陳述的自白書。當天在妍豆的拜託下，姜老師你和妍豆的母親聯絡上。」

徐幼真透過妍豆的母親知道姜仁浩已經介入事件。他這才了解到自己已經成為此事的重要登場人物。如果有人要求，他也不得不以證人身分出席，站在揭發校長的立場。

他想起妻子和女兒世美。妻子開始做不是賣身也不是壞事的工作。好像是因為這樣，這幾天才沒好好通電話。最近一次通話時妻子說：

「世美？你知道她是多奇特的孩子嗎？早上認真地背著黃色書包去托兒所。托兒所的老師提起，有一次世美笑著說完拜拜後，轉身躲到窗戶旁偷偷地哭。有很多小孩因為跟媽媽分開而哭，可是她不想在我面前哭。老公，這真是個奇特的孩子，已經察覺了我的悲苦……」

他的眼神不安地飄移。

「問題是提出告訴的事，學校怎麼會先知道。我們需要姜老師的協助。我們協助妍豆的母親再次提出告訴，可是過了兩天了警察還不展開調查，負責這件事的人是姜督察，和我們中心有些許磨擦。若想要進一步調查，我們也無法進入慈愛院。要有父母陪伴才能將孩子帶到學校外面。面會也一樣。你也知道因為妍豆父親的緣故，妍豆的母親又去首爾了。現在這個時刻，孩子又被動私刑的話，我們也束手無策。加上主導私刑的潤慈愛這個女老師，我們調查之後發現她是理事長的養女，所以名字才叫慈愛……好笑的是，有傳聞說這名女老師是自己哥哥，也就是校長的情人。對孩子殘忍的私刑背後有著微妙的關係。她還追究為什麼妍豆要勾引校長。聽了之後，我也懷疑自己的耳朵有問題，這是什麼瘋狂……狂亂的熔爐啊？」

徐幼真慢慢說明後觀察姜仁浩的表情，他的臉變得跟霧一樣慘白。來到霧津短短幾天內見過的人物在他腦海中一一浮現。潤慈愛表現出的無來由的敵意和悲戚在他腦海中交錯，他這才稍微能了解她的行徑，也能了解校長和行政室長各自以不同色彩展現的野蠻滋味。然而還剩下一個人，姜督察。姜督察掌握了所有事情，為了隱匿真相那天才會出現。不過為什麼姜督察會對自己顯出微妙的關心和過度的敵意，他實在無法理解。是不是已經察覺到兩人遲早會對決，因此才先揮拳呢？或是以他動物性的直覺，察覺到來自首爾的他會成為最大的絆腳石。那天姜督察向他警告，不要用首爾的方式評價霧津。**姜仁浩打了個冷顫**。不，這並沒有針對誰，不是的；他阻止自己想要自言自語說出這些話的心情。然而徐幼真說，倘若這一瞬間妍豆又遭動用私刑……他想阻止自己說出「不會，不會的」的衝動。那天在廁所內聽見的尖叫聲，和妍豆的手被放入洗衣機的私刑場面在腦海裡交錯重疊。

不顧姜仁浩的情緒起伏，徐幼真接著說：

「可是啊！這純粹是我個人的直覺。這似乎不是個普通的事件。遭校長性侵的孩子是金妍豆，我們提告的也是此事。另外，姜老師班上不是有個多重障礙兒童？叫做琉璃，陳琉璃？聽說她被校長、行政室長，以及名叫朴寶賢的生活輔導教師輪流性侵，而且從國小開始。」

如果說妍豆遭性侵的事像是天打雷劈，那麼這次就是翻天覆地海嘯般的衝擊了。妍豆是個可愛的女孩，對於有變態性欲傾向的成人而言，可以充分刺激他們的戀童癖，雖然他在這方面只有薄弱的了解。校長對十五歲的學生性侵絕對是不可原諒的行為，絕對是最醜陋的犯罪，然而他多多少少把這歸咎於人性的弱點。可是校長、行政室長或是生活輔導教師對智力障礙兒童進行性暴力，還是從國小時期開始，這倘若屬實，或是接近事實，那就是完全不同層級的事了。徐幼真的聲音變得忽遠又忽近，他陷入極度的混亂中。

「嚇一跳吧？我們至今還不能相信，這可是妍豆哭著跟母親說的。她說孩子們從很久以前就知道了。孩子們跟老師說了好多次，可是所有的事完全被置之不理，並且在沉默之中消失了。妍豆的母親無法置信，現在也快要崩潰了。所以現在也要由我們中心調查，看是不是要報案……你怎麼了？」

說話中的徐幼真突然停下來問。他也沒意識到，自己手中的筷子抖個不停，直到她停下來不說話，他才驚慌地提起筷子，不好意思地夾了一口附贈的菠菜放在嘴中嚼著。接著快速地含著香菸，點打火機，好不容易點燃了，才發現嘴裡面還有一口菠菜。他對於自己可笑的樣子全被她看在眼裡似乎有些尷尬，然而她對他的舉止漠不關心，緊閉著雙唇陷入思緒中。馬鈴薯鍋內豬骨頭的油脂開始凝結了，姜仁浩提起筷子戳動白色油脂，打破凝結的沉默氣氛。

「陳琉璃，是個智力障礙兒童，智力只有六歲左右，只要買餅乾給她，什麼都ＯＫ。相信她的話，把學校全體視為問題，會不會太誇張了啊？徐學姊雖然用直覺這樣的用詞，可是散播這樣的話，以後要怎麼負責呢？用常識……用常識想，這根本是不可能的事。」

試圖想找回理性的姜仁浩拚命強調常識一詞。她皺著眉頭，用專注的表情回答：

「在這裡工作，真不曉得該怎麼說明你才能懂，但關於常識……」

她看著想要逃避她視線的他，痛苦地說：

「根本沒有……這種東西。」

32

「現在是二十一世紀，這是怎樣的世界！警察一定會查辦的。」

姜仁浩想要逃避對話，試圖轉移話題。

徐幼真望著他，眉頭皺得更深，有點氣憤地說：「就是因為二十一世紀的警察不去偵辦啊！」

「妳再等等看吧！才過了幾天，不是嗎？」

他最後這樣說。然而她並不退讓。

「你聽我說。理事長，也就是創辦人李俊範。他在一九六四年成立了這家學院，也就是朴正熙政變掌握政權成為總統之後的事。那個人本來在市政府的福利課工作，後來籌備了霧津聾啞學院，似乎當時早就知道給身障人士的福利預算相當多。雖然無法確認，然而倘若屬實，這個人挑選聾人的原因，是因為相較於其他身障人士，聾人還能從事體力勞動。說來可笑，聾人也不會說話……因此在霧津市郊區買地，建了一些臨時建築物，接下來動員收容的聾人蓋房子。從那時候開始就領取許多預算。之後霧津擴大，當時郊區的地變更為市區，地價瞬間暴漲。他可向霧津市領取經營預算，而巧妙的是土地是法人所有，因此將變成市區的土地變賣後，得以搬到郊區去，就是現在的海邊。可觀的巨額地價差額就成了法人的財產。說好聽是法人的財產，但理事長依然是李俊範，兩個兒子一個是校長，一個是和財路有關聯的行政室長，用想的也知道到底是怎麼回事。實際上兩名雙胞胎兒子的學歷普通而已；女兒在美國念高中和大學，女婿個個都是不得了的人物。根據我們的調查，其中也有檢察官。所以說啊！

「這裡有一件更值得注意的事，之前慈愛學院的基地就是現在的霧津警察局。換句話說，是把土地賣給國家……但是查不出警察和慈愛學院的密切關係。只是在獨裁時代抓到示威者而霧津警察局收容不下時，偶爾會將慈愛學院宿舍的一層樓借給警察使用。就算在那裡非法監禁，嚴刑拷問，也沒有人聽得見。這樣你能夠了解為什麼警察會拖延偵辦了嗎？」

剎那間，姜仁浩看見徐幼真站在冰河前，手上舉著一隻小鎚子的幻影。雖然他覺得這世上到處都有壞人，但仍想企圖展現出樂觀豁達的表情。可是她的話彷彿一桶冷水無情地潑在他臉上。

「姜老師，雖然只過了幾天，也不太清楚到底是怎麼回事，但你感覺不到其中的怪異之處嗎？校長在學校廁所內性侵，學生一定會尖叫的，老師們，聽得見的老師，怎麼可能不知道呢？」

姜仁浩的頭顫抖著。

33

隔天早上姜仁浩把車停在停車場後進入玄關，校長室前的走廊喧譁騷動著。穿著俐落黑色西裝的陌生人，用奇特怪異的聲音喊叫著，行政室長不以為然地站立一旁。穿著黑色西裝的陌生男子雙手被警衛和宿舍生活輔導教師朴寶賢抓住。潤慈愛也站在旁邊。她雙手在胸前交叉，用輕蔑的表情袖手旁觀，發現姜仁浩後，冷酷的表情刻意忽略他的存在。朴寶賢轉動著像老鼠般小而閃爍的眼睛，觀察潤慈愛如何對待姜仁浩，察覺到她冷冷的表情後，立刻對他表現出凶惡的神情。

「怎麼會有這種事？你告訴我，我到底做錯什麼？怎麼會有這種事？我怎麼會被解僱？」

黑色西裝大叫著。姜仁浩第一次聽見聾人發出的聲音。說話的腔調比一般人不穩定，然而發音卻相當準確。

「這個人到哪裡都行使暴力。閉嘴！我們僱用了你，當然也能要你走路，還是你想把我解僱呢？」

行政室長高聲叫囂著。黑色西裝明明是聾人，對他說話的行政室長不僅沒用手語，甚至也不用任何肢體語言。姜仁浩以常識判斷，對聾人而言最大的侮辱莫過於這個場景。就算不會手語，也不願用肢體語言表達溝通的意願，這就好像對於不懂美國人語言的人，將雙手懷抱胸前，不斷地用英文說話。

望著行政室長嘴巴的黑色西裝，以聽不懂的表情看著潤慈愛。她以輕蔑的神情望著黑色西裝，同時夾雜著明顯的敵意。黑色西裝僅能以焦躁的眼神望著她。在這個場合能夠連結聾人和正常人的人只有她而已。姜仁浩在這一剎那，一起體會到聽覺障礙人士的悲哀心情，雖然很短暫，但胸口某處傳來隱隱的痛楚。

「應該跟我說不是嗎？至少要了解被解僱的原因，不是嗎？」

他再次放聲高喊著。

行政室長以不耐煩的神情向潤慈愛示意。潤慈愛以她特有的冷酷表情，向黑色西裝比手語。黑色西裝雙手被抓住看著她的手語，在她比完的霎時發出怪聲，奮力甩開緊緊抓住他的兩人的手臂，朝著校長室暴衝過去。校長室上鎖了。黑色西裝使出全身蠻力，用力撞擊校長室的門，用腳狂踢，聲嘶力竭地吶喊著。

「校長，出來！你們不能這樣解僱我！我沒做過這種事！」

剛來上班的老師紛紛停下腳步觀看，之後又紛紛走開了。就像對面車道發生車禍，快速奔馳的汽車暫時放慢速度觀看後，以無心的表情和速度再次加速前進。外面有幾個人跑了過來。黑色西裝被跑過來的人抓著四肢抬了出去。

「你們不能這樣。不能這樣。」

他被抬到學校外痛哭著。

「外面那個人是誰？為什麼會這樣？」

進入教務室的姜仁浩向隔壁正在換穿室內拖鞋的朴老師詢問。朴老師的皮鞋似乎太緊了，用兩手脫掉後抬頭看著他。

「姜老師還真是固執。」朴老師脫掉鞋子後，若無其事般地將雙腳套入拖鞋內，緩慢地將電腦開機後說道：「我之前不是給你忠告了嗎？知道這些做什麼？」

姜仁浩的臉上浮起了些許雞皮疙瘩。

34

上課鐘聲響起了。老師帶著不安的神情各自走出教務室，姜仁浩也拿著點名簿起身。通往教室的走廊悄然無聲。他懷疑自己耳聾了，感覺到一種誇張的恐懼。

「那個人到底是誰？慈愛學院到底發生了什麼事？一定要去問徐學姊。實在是太離譜了。」他從自己耳中聽見的自言自語，證實自己真的聽得見。這番自言自語別人是否沒能聽見呢？這麼一想，再次湧上來到霧津後感受到的莫名恐懼。來到這裡之前，他曾經想像過寂靜會像這樣令人抑鬱嗎？

進到教室後民秀正在哭泣，同學在他四周用手語激烈地交談。他將點名簿放到講桌上，走到民秀身邊。

——發生什麼事了？

他用手語詢問後，雙手不由得顫抖著。民秀的眼睛瘀青，臉上到處都是傷痕，脖子附近也有瘀血。他抬起民秀的手臂，手臂到處都是傷。

——你跟誰打架了嗎？

民秀搖搖頭不回答。

姓名：全民秀，聽覺障礙二級。

家庭：父，智力障礙一級。母，聽覺障礙二級，智力障礙二級。弟，全永秀，聽覺障礙二級，智力障礙三級。

住家：在外小島。偏僻的小島，放假時也幾乎回不了家。需要另外的特別指導。

他想起民秀的學生名冊。現在這裡新增了一項紀錄。

弟弟火車意外死亡。智力障礙的父母沒有人前來。鐵道廳將慰問金交給父母。

姜仁浩不曉得該說些什麼。這個孩子的存在，是比他父母居住的偏僻小島還要更偏遠。

——**被誰打的呢？**

他覺得很荒謬，好不容易才說出這句話，然而民秀不回答。他深深嘆了一口氣，翻開孩子的襯衫。到處都是黑色的瘀青，讓他更觸目驚心的是骨瘦如柴的肋骨。他的肋骨上也有瘀血。他放下民秀的襯衫，再次詢問。

——**你擦過藥了嗎？**

——沒有。

——**可以告訴我是誰做的嗎？**

——……

——**好，沒關係。先去保健室吧！**

姜仁浩牽著民秀的手，孩子以驚嚇的表情頑強地甩開手。

——怎麼了？要去擦藥啊！

民秀在瞬間發出莫名的喊叫聲，立刻起身掙脫他的手跑到教室外面。激烈的肢體動作彷彿是說，要死就死啊！我死也做不到。學生看著正在遲疑要不要追出去的他。學生的表情淡漠，露出警告他的眼光。

——坐在位置上打開課本。

他鎮定地跟學生說。

——看今天要學習的內容。

他呼喚坐在講台前方的妍豆。不曉得是不是因為見過母親，妍豆的表情顯得相當鎮定。他想問妍豆還好嗎？卻說不出口。他維持身為老師的沉著表情，小心翼翼地詢問。

——妳知道民秀為什麼會這樣嗎？

妍豆一句話都不說，眼睛往下看。

——是誰這樣做呢？

妍豆猶疑地看著他，緊咬著嘴唇，再緩慢地用手語回答。

——他有時候會全身瘀青地回來。好像在慈愛院被毆打了一整夜。生活輔導老師朴寶賢值班的那一天把民秀帶走，出去之後就變這樣了。弟弟死前，兄弟兩人偶爾會在晚上被帶走。就算被揍得遍體鱗傷，也沒有人敢替他們抗議。

——朴寶賢？

——對，上次兄弟兩人被揍的隔天，民秀的弟弟永秀就死了。

妍豆定定地看著他。

35

天黑了，街道上昏暗起來，燈火逐一亮起。海邊吹拂而來的微風夾帶著鹽分，悶熱且潮濕。姜仁浩勉強眨了眨眼，分辨不出哪裡是哪裡。下班後將車停在家門口，開始步行，走到有些疲憊後喝一點酒。喝完後又繼續走，走累了又去喝酒，他只依稀記得自己喝到第三家。

當他再次睜開眼睛，眼前的看板上寫了這些字。

「首爾北倉洞服務一應俱全，熱情奔放的霧津美女總動員！」

他站立著觀看這些字。像理容院招牌一樣閃爍旋轉的照明看板，因為很久沒擦拭過，十分骯髒，邊緣也有部分裂開。

他呆呆地望著，然後再次往前走。此時身後似乎有一道光映照過來，這樣想時有人狠狠地敲了他的後腦勺一記，讓他像稻草堆一樣硬生生地倒下。摩托車將他脫下掛在手上的西裝外套搶走，他雖然出自本能抓住，還是徒勞無功。他下意識爬起來朝著摩托車的方向瘋狂追逐，摩托車早已轉進角落消失不見蹤影了。他跑得上氣不接下氣，摩托車消失的小巷內，明亮的燈火一一亮起。

火紅和黃色的看板前穿著迷你裙的女子來回穿梭著。彷彿小時候讀過的童話書一樣，掉進人孔蓋後，就進入了地面上不存在的另一個世界。倘若有任何不同之處，那就是那裡是童話和幻想的世界，這裡並不是。濃妝豔抹的女人，有的坐在巷口的椅子上，有的站著拉客。隱約看到有兩個傢伙坐在摩托車上，但走到巷口時已經消失得無影無蹤。因為酒精的作用，眼睛無法聚焦，他奮力眨眨眼，拚命想尋找摩托車的行蹤。

此時有名女子向他靠近。女子凌亂布滿白髮的頭搖搖晃晃的，逼近他的臉頰仔細端看。臉上充滿了像廚房用絲瓜布一樣的皺紋，膚色如同臭水溝般混濁，雙手拿著包袱狀物品。看起來像是人類和鬼的綜合體。近距離觀看的女子問：

「你是金仁植吧？」

臭水溝味和腥味混合的口臭刺鼻。

「不是，我不是。」

他往後退，想要掙脫像蒼蠅般飛撲而來的女子。

「你就是金仁植。」

女子再次靠近。

他躲避女子再次走到大馬路上，行走在昏暗的街道上。女子以飛快的速度尾隨著他。

「你就是金仁植。你就是金仁植。可惡的傢伙。把我的錢還來！把我的錢還來！」

他快速疾走，女子也火速地追上。他奔跑了起來。

女子似乎也追趕上來。跑了一會兒後，轉頭查看，女子已經停在另一頭，對他比手畫腳指指點點。空蕩蕩的路燈下，揮舞著雙手的女子的陰影，讓霧津的街道變得比惡夢還要鮮明。

36

姜仁浩的呼吸平靜下來後又開始步行。不曉得是不是因為下過雨，空氣轉為黏膩，張開手，似乎就能感覺濕氣停留在手掌上。計程車咻一聲呼嘯而過，劃開了厚重的濕度。後腦勺有些微搔癢感，他無意識地用手觸摸，有種摸到黏膩液體的感覺，抽回手一看，手上沾滿了火紅的鮮血。他想要攔計程車，舉起手又作罷，扶著電線桿全身顫抖著。他想起剛才將皮夾放在西裝口袋內。皮夾和信用卡在一瞬間飛走了。他咬牙切齒。然後確認手機放在褲子的口袋內。只要有這個就太好了。他扶著電線桿，吐了起來。抬起頭時已經開始下起雨了。雨勢逐漸轉強。天空漆黑一片，街道濕漉漉的。

我曾有個夢想。即使被拋棄，被遺忘，或是那麼殘破不堪。
我內心深處視為寶物般的夢想，
或許有時有人會在我背後嘲笑，
我也要忍耐！我能忍耐！為了這一天。
你總是擔心地說，虛幻的夢想是毒藥。
世界就像是已經寫好結局的書，已經無法改變的現實。
是的，我有夢想。我堅信那個夢想。
請看著我。站在冷酷命運的那道牆面前，

我會勇敢面對，總有一天我將翻越那道牆，
在天空中展翅高飛。沉重的世界無法綑綁住我。
在我生命的盡頭，一起微笑面對那一天吧！

傳來徐幼真手機來電答鈴的聲音。是仁順伊唱的〈天鵝之夢〉。夢想一詞比起剛才那個像是夢中場景的骯髒老態女人更遙遠。所謂夢想，所謂夢想……忘了打電話給徐幼真這件事，茫然地聽著歌曲，歌聲戛然停止，聽見了她的聲音，他有些不知所措。

「是仁浩嗎？不，是姜老師？」

她似乎從睡夢中醒來。

「有什麼事嗎？這麼晚了？」

「……對不起。」

「你怎麼了？發生什麼事了嗎？」

他拿著手機的手背被傾盆而下的雨滴沾濕。他開不了口，咬緊牙關嘗試了幾次才說。

「學姊，我是姜仁浩。我在霧津市區……皮夾被幾個年輕人搶走了，現在好黑好暗，還下起雨，我迷路了，找不到回家的路。」

他說完之後就跌坐在原地。

37

徐幼真將車停在霧津警察局停車場，奮力關上門。

「車門要輕輕關上。不然的話，搞不好會翻車啊！」

倘若和她一起工作的男幹事在身邊，看見她關上紅色車門的樣子，一定會這樣嘲笑她。

「姜督察。這個長得跟明太魚頭沒兩樣的傢伙……我早知道總有一天會跟他正面決戰。」

徐幼真像是即將上場的拳擊選手一樣，揮舞著瘦弱細長的手臂，奮勇地前進，又停在位置上。突然發現自己忘了手提袋了。這樣看來似乎是將車鑰匙拔起來放在手提袋內，然後豪氣地鎖上車門。她從剛剛開始就專注於和姜督察面對面的對決，才犯下這樣的失誤。她想會不會把鑰匙放在外套口袋內，在口袋內四處翻找，也沒有鑰匙的蹤跡。這類的健忘症已經不是一天兩天的事了，但是現在也不是該煩惱這些事的時候，她深吸了一口氣。或許這都是因為沒有好好睡覺的緣故。她想起了昨晚姜仁浩如鬼魂般站在巴士終站附近的模樣。他在電話中哽咽地說沒有計程車。

「什麼，你又不是站在田地中央，也不是在沙洲上，怎麼可能沒有計程車？……唉！我知道了。你念附近的商店招牌名稱給我聽。不然的話念電話號碼給我。」

她打電話查詢，得知商店住址後開著車找到他時，他雙眼凹陷有如剛從鬼門關走一遭回來。不過才過了一個星期左右，他變得極度蒼老憔悴。她將車子停在他站立的電線桿前，有些怒氣沖沖。只要隨便跳上一台計程車，停在大樓社區，再向她借錢不就得了。然而，下車後看到他身上沾滿鮮紅血漬的白襯衫，她似乎能理解為什麼他非要叫自己來不可。他充血的眼睛充滿著恐懼和悲傷，她在瞬間覺得他好像是孤兒。

「我是姜仁浩。我在霧津市區……皮夾被幾個年輕人搶走了，現在好黑好暗，還下起雨，我迷路了，找不到回家的路。」

想起他在電話內哽咽的聲音，感覺更是強烈。將無法平衡身體的他帶回家，在他堅持下，只好坐在他凌亂的餐桌前喝半瓶啤酒，到了清晨才闔上眼。

「學姊，我想回去……我想回首爾去。」

抓著酒杯半睡半醒的他說完後就趴在餐桌上。

「哎呀！對！離家已經一個星期了，當然會想回家，也很想媽媽吧！真可憐，該怎麼辦才好？」

勉強將他扶起，攙扶到他房間躺好後，徐幼真不禁嘆息。大學時，他是學弟妹當中最聰明、最成熟的，不能隨便對待，隨著時間過去，他好像變了很多。來到霧津定居時，她也是以迅速的速度凋零。她懷疑是不是因為這裡的時間是以其他的節奏前進。她甚至還做了惡夢，夢見回到首爾和朋友碰面，只有自己衰老，朋友個個依然青春永駐。

徐幼真因為鎖在車子內的鑰匙，猶豫地踱步行走。可是就算這樣站在警察局停車場前煩惱，外套的口袋也不會突然奇蹟地出現車鑰匙。她決定先忘掉鑰匙，只考慮和姜督察正面決戰的事。徐幼真用力推開警察局的玻璃門。如果姜仁浩看到這樣的她，或許會覺得她現在手上連一根槌子都沒有，就空手朝著龐大的冰河奮勇前進。

38

姜督察和某人講電話咯咯地笑著。笑容滿面的他看見徐幼真走進來，在瞬間切換為緊張的神色，察覺東張西望的她發現自己後，快速垂下眼咯咯地笑。徐幼真站在姜督察面前。姜督察向她致意後，呵呵笑著掛上電話，用響亮的聲音清了清喉嚨吐了一口痰。

「為什麼還沒開始偵辦呢？」

徐幼真雙手在胸前交叉單刀直入地問。來到這裡向姜督察抗議，今天已經是第三次了。姜督察用緩慢老練的眼神檢視著她。徐幼真覺得姜督察的目光，就像她對其他幹事形容的「油條、討人厭、不要臉」的視線。

「徐幹事您坐一下嘛！那個……要不要幫您倒一杯茶啊？」

「學生遭到性侵，而且還是在學校，再加上是被校長性侵。明明就報案了，收到學生的受害人陳情書，不是應該要去偵訊校長嗎？」

「這是當然的。」

姜督察微微一笑，用手摸著鬍髭。徐幼真已經下定決心，不要再像上次那樣發火提高音量，要從容不迫沉著應付，可是看到總是高高在上的姜督察慢條斯理的樣子，卻再次怒火中燒，臉頰脹紅了起來。

「為什麼什麼都不做！學生遭到性侵了，你們打算坐視不管嗎？」

「就是說啊！我們打算要偵辦，可是慈愛院，除了父母親之外，誰都不能隨便帶學生外出……有這樣的規定，叫我們該怎麼做呢？我之前也告訴過您。如果沒辦法帶他們出來，該怎麼調查呢……」

「我已經告訴過你了，她母親去首爾了，跟原本的計畫不同，沒辦法回來。妍豆的父親要再次決定手術日期。總之父母都已經報案了，就要調查啊！還有，為什麼不調查校長呢？」

姜督察輕笑了起來，而且刻意放低音調。從遠處看起來像是深情款款的姿勢。

「關於校長，徐幹事，您也知道，他的正直偉大是這個地區無人不知無人不曉的，怎麼能相信一個耳聾的孩子，就把他帶到警察局呢？現在的世界，是怎麼樣的世界？我們也很難過日子。不能仗著人權的名義，就隨便抓人吧！」

「所以把妍豆叫過來，跟我們一起，你就可以進行陳述書了吧！這樣一來也能以嫌疑犯身分押送校長了。」

「我們也想這麼做，可是如果不是父母親，慈愛院就不願意放人。」

姜督察十指互扣放在後腦勺，椅子向後傾。

「我就說了啊，開始調查，用受害者和嫌疑犯的身分調查學生和校長就可以了。」

徐幼真的音量提高。旁邊的警察全部抬起頭來看著她。她意識到他們的視線，霎時臉都紅了。

姜督察笑著看著她，兩隻手仍然撐在後腦勺。

「是啊！沒有什麼特別明顯的證據，要怎麼叫偉大的人物進警察局呢？再加上是性侵害，不是收送賄賂或是怠忽職守這種事務性的罪名，而是……在他面前，我實在無法脫口說出。幾天前才獲得道知事表彰的人物耶，如果是徐幹事，您不會這麼想嗎？」

徐幼真用力吞了幾次口水。這種人總是用模糊的話引誘對方，說出可翻譯成多重涵義的句子，誤導對方進入死胡同。以她特有的直覺，現在不能再繼續爭吵下去了。如果再繼續感情用事，可能會想勒住對方的脖子。於是她放低聲音說：「如果我們跟慈愛院談，帶回受害學生，你們願意收下陳述書嗎？」

「不是啊！不是這樣的。我們絕對不是因為討厭調查才這樣，這是天大的誤會！因為檢察官沒對我們下搜查指揮命令。這才是最大的原因。」

姜督察突然覺得站著發抖的徐幼真很可愛，用比較善意的語氣繼續說。

「您知道嗎？檢察官有搜查指揮權。我們要求政府給予獨立搜查權，也就是所謂的起訴獨立權，可是政府不願意。因此，在檢察官下指揮命令之前，我們也束手無策。」

姜督察鬆開交叉的指頭，將雙手擺放在桌子上，凝視著徐幼真，彷彿告訴她會面結束了。徐幼真雖然曾經和姜督察因為一些微妙的問題有過幾次正面交鋒，然而從沒想過如此單純的告訴乃論案件，對方會如此厚顏無恥地迴避職責。雖然能猜得出疏於調查或是有偏袒可能的案件，至今為止大致上都是有些政治方面的問題，然而像校長在學校性侵學生的案件，明明白白的告訴乃論，做夢都沒想到他會用這種方式狡辯。

「不管是檢察官還是警察，你們這樣辦案，我就只能用其他方式將案情公諸於世……你一定會為今天所說的話付出慘痛的代價。」

徐幼真正眼直視姜督察的眼睛。她的眼睛發出青光，像是所有真實的東西一樣，蘊藏了某種力量。

「妳這位大嬸……講話怎麼這樣你你你的。我們什麼時候這麼熟了？」

姜督察快速閃躲徐幼真咄咄逼人的眼神。

「我這樣說已經很客氣了。你說什麼？大嬸？你怎麼這樣啊？大叔？我這樣叫你，是不是讓你誤以為我來自野花咖啡館呢？」

在那一瞬間，低著頭假裝翻閱資料的其他警官，全都哈哈笑了起來。

39

「既然如此，隨你便。我們只能各做各的。」

發下豪語後走往警察局停車場，徐幼真的思緒錯綜複雜。她其實從來沒想過要用其他方式將案情公諸於世。一直誤以為警察當然會進行調查，這樣的想法或許太天真了。在姜督察面前說了大話，現在很想用盡各種手段和方法，讓姜督察看看自己的本領，然而她卻看不見眼前的路。她彷彿突擊般快步走到車子前，習慣性將手放入外套口袋中。當然口袋內空無一物。雖然了解這只是徒勞無功，還是往車內看了一眼，車子座椅上的手機鈴聲響了。螢幕上顯示來電人是霧津人權運動中心的男幹事。本來要跟妍豆的母親聯絡，可是卻為了工作外出，或許這當中來電聯絡了。真是焦急。因為經常發生這種事，打了一把備用鑰匙放在皮包裡面，可是每次把車門鎖上時，通常連皮包都放在車子內，根本毫無用處。保險公司提供的免費服務已經超過使用次數，她只好厚著臉皮向在霧津經營汽車中心的哥哥求助。正想打電話給哥哥時，發現連手機都鎖在車子裡面，她深吸了一口氣再次走向警察局。

剛好姜督察在玄關前的角落抽菸。

「又有什麼事……」

姜督察看見朝著自己正面走過來的徐幼真，充滿戒心地詢問。

「不好意思……手機可以借我用一下嗎？」

她恭恭敬敬地說道。姜督察思索著對方究竟有什麼陰謀。

「手機……可是……有什麼事嗎……」

「我要打市內電話。不是國際電話，也不是長途電話。我得告訴你細節嗎？別跟我說你連這事都需要檢察官下令批准……」

她發火轉身想要離開，姜督察突然叫住她。

「真是的，妳真的把我當壞人嗎？不是國際電話的話，就拿去用吧！」

姜督察將手機交給她。她打電話給哥哥，拜託派一名員工過來。哥哥問為什麼，她意識到站在身旁的姜督察，就含糊地說：「就是上次那件事啊！」哥哥聽不懂，不得已只好說：「我把鑰匙放在車裡面，門上鎖了。」這些全被姜督察聽在耳裡。

「謝謝你！麻煩快點進行調查！」

徐幼真懷著羞愧的心情，把手機還給姜督察時說道。

「我也想這麼做！」

徐幼真回到車子旁等待汽車中心的員工。專心看著她的姜督察詢問走到身邊抽菸的金警官。

「金警官，你覺得這個女人怎麼樣？」

金警官盯著姜督察曖昧地笑著說：

「聽說這個女人沒有老公，獨自居住？這種女人啊！嘴裡喊著民眾、民主的女人，真是乏味啊！你不覺得嗎？還有這種情節，真叫人受不了，不是嗎？」

姜督察用力吸了一口香菸。

40

準備好要錄影的攝影機已經架在人權運動中心的會議室裡，連身障人士性暴力諮詢所所長也到場了。在區公所工作的手語翻譯員也馬上抵達，他是人權運動中心男幹事的高中同學，自願過來當義工。縱然無法大幅轉換會議室的氣氛，然而為了讓孩子們可以安心放鬆地說話，徐幼真在回來的路上買了一盆秋海棠。姸豆的母親已經帶著姸豆出發了，稍後姜仁浩帶琉璃過來就能開始陳述錄影了。

徐幼真早上和人權運動中心的兩位幹事開會，決定由他們開始著手進行，將孩子的證詞錄影下來，告知新聞、廣播等輿論媒體和首爾人權委員會。早上也通報霧津地方勞動委員會，慈愛院的聾人生活輔導教師宋夏燮遭受不當解僱，財團方面提出的理由是對校長言語粗暴，以及行為不檢點，然而真正的原因其實是那天晚上帶姸豆到性暴力中心。徐幼真以自己的預感，感覺到有什麼龐大的東西隱藏在黑暗之中，判斷無法再繼續和姜督察較勁下去。

首先抵達的是妍豆和她的母親。妍豆的父親手術結束後，過了幾天，她母親在清晨再度到霧津把妍豆帶出來。妍豆的母親臉色更沉了。妍豆父親的手術結果似乎不樂觀。徐幼真從很久之前就認為在人生的某個局面，生命會無情殘忍地吞沒一個人，如果有神的話，絕對不會容許這種事發生。背上背著發燒不退、燒到翻白眼的小女兒，將四歲大的老大從睡夢中喚醒，強拉著她的手站在寒冷的清晨街頭發狂似的尋找計程車。自己的身影和妍豆母親的臉重疊。想起了那天抬起頭來仰望凌晨的天空，有種深藍色的玻璃粉碎成一片片，朝著自己瘋狂灑落的幻覺。

妍豆神情緊張。

——**快進來。很高興見到妳。**

徐幼真向姜仁浩學了簡單的手語，向妍豆問候。緊張的妍豆表情瞬間明亮了起來，回應的手語彷彿在問「妳也是聾人」。徐幼真不會其他手語了，笑著把手放下來。妍豆的臉閃過一抹失望的表情。

徐幼真遞出替孩子準備的麵包和牛奶。妍豆猶豫了一下，就坐在角落吃了起來。徐幼真出神地看著妍豆大口大口咬著紅豆麵包，彷彿很久沒吃過這種點心的樣子。妍豆圓滾滾的臉頰在吃麵包時鼓了起來，臉頰散發出水蜜桃般的光芒，烏黑的頭髮豐盈閃閃發亮，眼睛明亮有神，身材比同年齡的孩子高大，校服裙子下的兩條腿，就像塑膠娃娃一樣緊實修長。十五歲所蘊含的意義在徐幼真的腦中浮現。水蜜桃的絨毛、春天的玫瑰花瓣、淡綠寶石色、清晨的露水、毛毛雨、早春的蝴蝶翅膀，還有淡淡的紅茶香味等……想到在這個清新少女身上發生的事件，她頓時暈眩了起來。和妍豆四目相望，她那單薄的眼睛突然浮現了羞澀的表情。妍豆猶豫了一會兒，微微一笑。此時徐幼真下定決心，無論發生什麼事，就算用自己的兩個女兒海洋和天空的名字發誓，她都決心要守護這個孩子。徐幼真用她在艱辛時刻總是會露出的堅強表情，向妍豆微笑著。

41

坐在霧津人權運動中心會議室中央的妍豆，緊握住母親的手。霧津性暴力諮詢所所長就坐在旁邊。徐幼真打開攝影機。將ＶＣＲ轉動的聲音調到最大，用意是為了讓房間內的幾十位人員不要說話。徐幼真向性暴力諮詢所所長點點頭，示意可以開始了。

「妳叫什麼名字？」

性暴力中心所長詢問後，手語翻譯員隨即開始翻譯。

──**我叫金妍豆。**

「妳就讀慈愛學院國中二年級嗎？」

──**是的**。

「本過程進行時不帶任何強迫或威脅，倘若本人不願意，可隨時中斷。這樣可以嗎？」

──**好的**。

「上個星期一被慈愛學院校長性侵，妳可以說明經過嗎？」

──**好**。

「請說明。這件事是如何發生的？」

——那天下課後我回到宿舍慈愛院換好衣服到操場玩。一起玩的琉璃說要去上廁所，卻遲遲沒回來，所以我就回到校舍去找她。經過中央玄關走到教務室方向，校長從校長室走出來發現我。校長用手勢叫我過去。我不曉得有什麼事，感覺上好像叫我過去一下，因為校長不會手語。進去之後帶我走到書桌前。書桌上的電腦開著，那裡有奇怪的畫面。有女子和男人全身赤裸著……

妍豆忙碌移動的手停在半空中，看到母親緊緊咬著嘴唇。年輕的男手譯員呆望著妍豆的手，翻譯也停頓下來。他還沒搞清楚狀況就來當義工，對於令人尷尬的翻譯內容露出為難的表情。輪流看著妍豆和手譯員的徐幼真和姜仁浩，以及幹事和性暴力諮詢所所長，視線全都停留在妍豆身上。壓抑的沉默籠罩著。妍豆母親緩緩向妍豆眨眨眼，她的臉僵得比冰塊還要硬，彷彿用盡全身的力氣才能眨眨眼表示自己的意見。這份眼神投射到女兒之前，展現出悲傷、憤怒和憐憫。她肥胖的手流下的汗水濕透了手中緊握的手帕。妍豆確認著母親的表情。她臉上已經有少女臉上見不到的某種威嚴，唯有得到真愛的人才能展現出的那種格調。

她繼續陳述下去。

——好像是赤裸的電影。實際上男人和女子的性器裸露……我害怕得想逃。校長抓住我站在畫面前。用手摸我的胸部……我用力甩開，衝出校長室。走廊上一個人都沒有。正好看見女廁，就跑到裡面，沒想到校長卻走進來，而且還鎖上門。

妍豆的手緩慢地移動著。她的手勢透過手譯員的嘴巴轉變為子音和母音，再匯集為語言。徐幼真用手摀住嘴巴，不想放聲尖叫，因為妍豆的母親在場。妍豆的母親用盡全身的力氣，或許是用不幸的一生的力量努力保持鎮定。被摀住的聲音在徐幼真的體內到處衝撞，最後逐漸凝結為眼淚。

——**把我推到廁所牆壁後，脫掉我的褲子……**

年輕手譯員的聲音開始顫抖。偶爾在子音和子音之間，母音和母音之間停下來，用手語詢問妍豆。妍豆的母親宛如石膏像一樣，一動也不動，因為女兒說話途中會觀看母親的表情，她偶爾會發出咕嚕一聲吞口水的聲音，讓女兒知道她專心聽著。看著母親的妍豆充滿著愧疚的神情，母親則因為妍豆的緣故，連眼淚都不敢流下來。聽著翻譯的人權運動中心的年輕女幹事發出啜泣聲，頭轉向窗戶突然哭了起來。

「太艱難的部分，不用全部說也沒關係。」

性暴力諮詢所所長緩緩說道。妍豆以害怕的眼神看著母親。母親顫抖的手撫摸著妍豆的頭。妍豆的臉此時開始扭曲。

——**孩子啊，就到這裡好嗎？**

母親用手語詢問妍豆。妍豆點點頭，撲向母親的懷裡。

沉默持續著，尚未關機的VCR錄下了這份寂靜。抱著妍豆、撫摸她頭髮的母親終於啜泣了起來，可是她一句話都沒說，只是茫然摸著妍豆的頭髮。哭泣的妍豆似乎想起了什麼，開始了激烈的肢體動作。

——**可是不曉得發生什麼事，校長突然摀住我的嘴巴，把我拖到廁所隔間裡面。過了好久，快要不能呼吸……**

姜仁浩聽見手譯員的話，緊閉著雙唇。他的背上冷汗直流。

——我覺得很丟臉，想要拉上褲子，他卻打了我幾個耳光，把我的褲子脫掉後，將我轉向馬桶要我彎腰……從我背後……

妍豆的母親盯著劃開虛空的妍豆的手。手語翻譯一停下，姜仁浩的頭垂了下來。

「老師，這樣，這樣應該夠了吧？」

妍豆的母親低聲說。沒有人回答。打破寂靜的是從一開始就在旁邊觀看的琉璃。琉璃發出怪異的聲音，跑到妍豆身邊，激烈地說些什麼。妍豆的背十五度角靠向後面，看著琉璃的手語。不知所措的手譯員看著兩個人對話，想要翻譯卻心有餘而力不足。因為手語也有俗語、流行語和同儕之間用的隱語。琉璃對妍豆繼續比手語，發出了尖叫般的聲音。孩子呈現激動的狀態，妍豆露出驚恐的表情。

「怎麼了？琉璃怎麼會這樣？」

徐幼真問道，姜仁浩靠近琉璃從背後抱住她。琉璃瞬間發出淒厲的喊叫聲，激動得撞到桌子，秋海棠掉在地上散落開來。紅色的花瓣灑落在冰冷的地板上，露出秋海棠深色的根。

42

姜仁浩想起第一次遇見琉璃的時刻。在濃霧中喀啦喀啦咬著餅乾的孩子。她當時看到他發出的聲音就是這樣……可是不久就對他敞開心扉，抱著熊玩偶，帶他到妍豆遭動用私刑的洗衣室。姜仁浩想起當時的琉璃看起來就像沒踩在走廊上，像是飛翔般輕輕跳躍有如天使。他握住慘叫、眼睛倒吊露出眼白的琉璃的雙手。琉璃像是落入陷阱中的野獸般竄動著。他下意識握住琉璃的雙手，直視孩子的眼睛說：

「琉璃，妳不要害怕。我是老師。老師想幫妳。琉璃，這裡沒有人能傷害妳。來，妳看著老師。跟著老師一起深呼吸。一、二、三，太棒了。我們琉璃真的太棒了。」

不曉得琉璃有沒有聽、有沒有懂，對他而言這都無所謂。他偶爾會用這種方式對待發脾氣亂丟玩具的女兒世美。年紀還小，聽不懂話的孩子，居然也會神奇地隨著爸爸的指令跟著做，當時他模糊地了解人類的溝通不僅僅只依靠語言。望著姜仁浩的琉璃，雖然身體長大了，然而智力只有六歲程度，琉璃不知不覺跟著他呼吸，眼神互看。

此刻姜仁浩在琉璃的眼睛內看見了她停止成長幼蟲般的靈魂，從出生開始到現在，短暫的一生像冰塊一樣在冰冷的繭中結冰。下一刻，他似乎聽見了微弱的冰塊碎裂聲，彷彿靈魂要從冰繭中脫離。

「琉璃，妳不要害怕。從現在起，我們會幫助妳，會……守護妳。」

說了守護妳這句話，姜仁浩了解自己已經不能回頭了。琉璃像小孩一樣無助地將臉埋在他的胸口。發作之後，琉璃似乎用盡了全身的力氣。孩子已經十五歲了，卻超乎想像的輕盈，好像剛破繭而出的小蝴蝶。不，到底是誰取的名字，就像要破掉的琉璃一樣。

此時妍豆輕拍手譯員的肩膀，用手語說：

——琉璃有話想說。她全部都要說。

之後琉璃向妍豆比手語。手譯員開口說：

「琉璃說她想喝可樂。想喝一瓶冰涼的可樂，而且還想吃巧克力派。」

臉色慘白像一張白紙的男幹事說：「琉璃，妳等一下。哥哥馬上去買。我會買很多很多。」然後就直奔附近超市，他離開的期間，會議室裡一片鴉雀無聲。琉璃就像姜仁浩五歲的女兒一樣，將頭靠在他的肩上。

陷入沉思的妍豆像是下定決心般抬起頭來，開始比手語。

——上上個星期琉璃也被校長那個……琉璃想說那……我們全部都看到了。

手譯員露出了不曉得自己翻譯的語言究竟是什麼意思的表情。他的翻譯現在也不符文法。性暴力諮詢所所長站了起來。

「被校長怎麼了？看到了什麼？還有『我們』，到底是誰？」

妍豆緊咬嘴唇，然後噘著嘴靠到母親身邊。他們不再繼續追問孩子，先稍稍休息一會兒。男幹事抱了滿滿一袋可樂和餅乾回來了。妍豆和琉璃咧開了嘴。大家都喝可樂，只有琉璃獨自一個人喀啦喀啦吃著餅乾。

「太晚的話，孩子們都累了，快點開始吧！」

徐幼真打開關閉的ＶＣＲ。姜仁浩從琉璃手中拿走餅乾放在桌子上。琉璃痛快地吃過甜食，舔了舔手上的砂糖，端莊地坐好。

——等妳說完後會全部給妳。妳要好好回答現在問的問題。

琉璃喝了一口可樂後點點頭。

像妍豆一樣，琉璃先回答了幾個基本問題，說出她姓誰名誰，接下來正式進入詢問。

「可以告訴我上上個星期發生了什麼事嗎？」

琉璃現在就像小孩快要哭出來的表情，乖巧地點點頭。

43

——我跟妍豆到學校前面的商店買泡麵。本來是六點的時候吃晚餐，可是餐廳的東西根本不能吃，所以幾乎沒有人吃。我們都是在學校前的小商店買麵包或泡麵當晚餐。那一晚八點左右肚子好餓，所以想跟妍豆一起去商店，走到玄關外，不曉得為什麼我的肚子突然好痛，就拜託妍豆買我的份，我坐在玄關等她回來。當時校長好像剛好下班，看著我笑，抓住我的手要走。我不想去，可是他說要買餅乾給我吃。他帶我進校長室，拿餅乾給我吃，我吃餅乾的時候就讓我躺在沙發旁的桌子上，把我的體育褲脫到膝蓋下。然後校長也把褲子和內褲脫到膝蓋下。

年輕的女幹事發出驚叫聲。幸好琉璃聽不見，徐幼真對她露出不悅的表情。手譯員的額頭不停地冒汗。只有琉璃一個人看起來若無其事。聽著琉璃說話的人不曉得是不是心中有滿腔的怒火，大家的額頭都冒出許多汗水。

——然後脫掉褲子，把小雞雞拿出來，放在……我裡面。

徐幼真的臉逐漸變得和硬紙板一樣慘白僵硬。

——不久後門打開了，妍豆走了進來。校長的屁股前後移動著，比手勢叫妍豆進來。妍豆跑走之後，校長抽出衛生紙擦拭小雞雞，穿回褲子。那時候不曉得窗戶外面有沒有人，他比了比手勢後，窗簾就放了下來。然後他走出去把妍豆帶回來。

「啊啊！」

聲音從拚命忍耐不驚呼的徐幼真緊閉的嘴唇中傾瀉而出。隨著這一聲所有人的口中也長嘆了一口氣。手譯員再也無法忍耐，起身離開。姜仁浩走到走廊抽菸時，聽見男廁水龍頭嘩啦啦的水聲，猜想手譯員正用水沖臉。姜仁浩吐著煙霧，觀看著漆黑霧津的街道。一隻翻找巷弄垃圾桶的野狗，朝著某處奔去。

44

性暴力諮詢所所長臉色雖然蒼白，卻能保持平靜繼續進行。這就是經驗的力量。

「手譯員，準備好的話就問妍豆吧！以妍豆的立場再次敘述一次。」

稍微鎮定下來的手譯員點點頭。

「琉璃說的話都是真的嗎？」

——對，全部都是事實。

「妍豆可以敘述那一天的經過嗎？」

妍豆沉思著，以清澈伶俐的眼神看著手譯員，開始比手語。

——我一個人外出去買泡麵，回來的時候沒看見琉璃。我想琉璃應該回宿舍了。走到玄關入口，黑暗的走廊那一邊有光，仔細一看是校長室。走近之後聽到模糊的音樂聲，我想應該有人在，就推開門看……

妍豆低著頭。她臉漲紅，連耳根都泛紅。不久之後抬起頭來，滿臉的淚水。

「不想說的話，不用說也沒關係。」

性暴力諮詢所所長說完後，妍豆冷靜地點點頭。

——對，如同琉璃說的。我太驚訝了，立刻逃跑。可是走到玄關前，發現我們班的兩名男同學也在奔跑。他們說，如果被發現我們剛才看到校長在校長室脫下褲子，讓琉璃躺著把小雞雞拿出來的事，一定會被老師罵，叫我趕快回房間。兩名男同學跑掉後，我好猶豫。我好怕，好想逃跑，可是擔心琉璃才做不到。那時校長一把抓住了我。我也被拖到校長室，他叫我坐下後，用手語說，如果膽敢說出看到的事，一定不會饒了我。我害怕地說好，就和琉璃一起離開校長室回宿舍睡覺了。

「校長會手語嗎？上次不是說校長不會手語？」

專注聽著手譯員說話的姜仁浩詢問，手譯員也照實翻譯。妍豆露出驚訝的表情回答：

——是的。沒錯。我那天和校長靠得很近，也是第一次看到。他是用手語比的。啊啊！上個星期把我拖到廁所去，之後把我放開後，也用手語比了這句話。

「有說其他話嗎？」

姜仁浩再次詢問。妍豆歪著頭思索後回答：

——好像沒看到用手語說其他話，只有那句話用手語表達。說如果說出去就不放過我。

「為什麼不告訴老師？」

——我從國小三年級時就說過了……

琉璃插進來比著手語。

「什麼？」

徐幼真高喊著。為什麼不說？為什麼還跟去？為什麼不抵抗？她突然忘記不能對暴力受害者問這樣的問題。從國小三年級起，倘若這句話屬實，這段時間也未免太漫長了。雖然不是針對孩子，但她心中湧起了滿腔的怒氣，對琉璃也不免提高了音量。

徐幼真已經有點失去理智。提高音量，臉頰漲紅。剛才受到徐幼真注意的女幹事以一副「徐前輩也有這一面」的表情看著她。

「國小三年級？」

妍豆和琉璃全部頭低低地不回答。

徐幼真問性暴力諮詢所所長。

「老師……怎麼……能做出這種事？」

性暴力諮詢所所長推了推金框眼鏡，露出痛心的神情回答：

「徐幹事，很抱歉。我從事這份工作，發現世界上什麼狗屁倒灶的事都有。尤其是女性身障人士，完全無防衛地……任人蹂躪。很抱歉，請繼續協助到結束為止。」

徐幼真閉上嘴。性暴力諮詢所所長接著說：

「可以告訴我們國小三年級時妳記得的事嗎？」

琉璃努力回想後，從容不迫地開始比起手語：

——三年級寒假過後跟級任老師說了。

「那麼級任老師怎麼說呢？」

——說問了朴寶賢老師怎麼會發生這種事，結果朴老師說怎麼可以陷害老師，扯這種離譜的事。

「到底發生了什麼事？」

——我那時候上慈愛學院住在慈愛院。放假的時候所有孩子都回家去了，如果奶奶不來帶我，我也不能回家。有一天跟幾個沒回家的學生一起在房間裡玩，朴寶賢老師走了進來。我們以為他要跟我們一起玩，非常開心。老師們在放假期間通常會讓我們自理，大概一天出現一次。可是那一天老師是晚上來，抱了我一下，雖然老師身上發出濃厚的酒臭味，我還是很開心，以為老師是喜歡我。可是他不管其他男學生也在，脫掉我的褲子，用嘴巴親吻我的性器官，翻開我的上衣吸我的乳頭。真的好丟臉，我羞愧得無地自容。

這次換性暴力諮詢所所長的臉色鐵青，接下來發問的聲音顫抖著。

「然後……還發生了什麼事？」

——有一天，連男同學都回家去了，只剩我獨自一個人留在宿舍內。我好想爸爸，也好想媽媽，寬敞的宿舍內只有我一個人，我好害怕，把棉被蓋在頭上哭。突然有人走進來躺在我身邊，是朴寶賢老師。老師叫我不要哭，說明天會買餅乾給我吃，今天就按照老師的吩咐去做。我答應說好。老師脫掉我的衣服，也脫光他自己的衣服，接下來老師將他的小雞雞放在我裡面。

此時徐幼真淚如雨下。妍豆的母親用手帕頻頻拭淚，神情恍惚。

——我真的好痛，哭了起來。老師說因為我哭了，所以才不行，大發雷霆。我好怕，拚命祈求他原諒我。老師叫我用手握住他的雞雞不斷摩擦。我照做了。不久之後老師的眼睛倒吊向上，接下來用衛生紙擦拭流出的白色液體。隔天朴寶賢老師真的買餅乾來看我。一整天除了餐廳的大嬸之外，我沒看到其他人，真的好無聊，就忘了昨天老師弄痛我的事，而且好開心。可是還不到晚上，老師就把我帶到床上，跟我說如果我聽話的話，每天

都買餅乾來給我，如果我不聽話的話，他現在就離開，不會再回來了。那時候我們宿舍有傳聞說自殺的學姊每天晚上會變成鬼，從海裡面爬出來，我拜託老師不要走，我什麼事都願意做。老師從口袋裡拿出透明軟膏的東西，塗在我的下面，接下來……

姜仁浩從位置上站起來，又再次坐下。這不是冰山，根本就是海嘯。天與地已分不清了。琉璃是聽覺障礙加上智力障礙的孩子。當年才十歲。十歲……到底是怎麼回事？他的眼前一片漆黑，連抽菸的念頭都沒有。眼前彷彿有黃色的雲朵飄動著。朴寶賢，這個獐頭鼠目的生活輔導教師。把被解職的宋夏燮老師拖出去的人也是他。怎麼可以對回不了家的可憐孩子做出天理不容的行為。校長呢？學校呢？世界呢？現在真的是二十一世紀？這裡真的是韓國？現在我真的是姜仁浩嗎？他的心中出現了許多問號。突然覺得這一切簡直令人無法置信。

「這種事大概發生了多少次？」

性暴力諮詢所所長的問題讓琉璃思索了一會兒才回答。

——很多。

有點出乎意料的回答。再問一次問題。

「有幾次？」

——很多。**我想喝可樂。我好睏喔！**

男幹事拿出餅乾和可樂，琉璃狼吞虎嚥地吃著餅乾。妍豆小心翼翼地比著手語。

——琉璃之後被行政室長、朴寶賢老師和校長輪流性侵。行政室長每跟琉璃做一次就會給她一千塊。

大人們精疲力竭地聽著手譯員的話，沒人敢正眼看這兩個孩子。聚集在人權運動中心會議室老舊燈管下的每個人無不臉色鐵青。幽暗的恐怖包圍著辦公室、慈愛學院與霧津。

琉璃正視著姸豆的手語，喀啦喀啦地吃著餅乾。

姜仁浩的腦中浮現了濃霧中進到學校的第一個畫面。琉璃吃著餅乾走來，藍色的高級轎車離開……自己目擊的初次場景是比殺戮還要殘忍的現場。姜仁浩的耳邊傳來琉璃吃餅乾喀啦喀啦的聲音。

現在性暴力諮詢所所長的臉更慘白了。

「一千塊，那是什麼意思？」

手譯員用彷彿自己遭受性侵的驚慌表情詢問琉璃。琉璃已經出現疲憊的神情。

——帶我到行政室去，給我一千塊，脫掉我的褲子。用這個去買晚餐的泡麵或麵包吃。如果我說不要，有時還會多給一千塊。

提問的人速度變得緩慢。琉璃不曉得是不是無法專心，用腳踩著掉在地上的秋海棠花瓣。

「第一次被行政室長帶去是什麼時候？」

——我想不起來了。在宿舍的朴寶賢老師過後不久。四年級剛開始。我因為朴寶賢老師的關係好痛，哭著說不要，逃跑了。可是行政室長讓我躺在接待室的桌子上，把我的雙手和雙腳……

手譯員的臉色變得很難看，停了下來。琉璃泰然自若喀啦喀啦地吃著餅乾。大家都盯著手譯員看。手譯員一副快哭出來的樣子，看著自己的同學，也就是在人權運動中心工作的男幹事。他的臉上滿是埋怨和驚愕，好像在說不能再繼續下去了。他的雙唇顫抖著。

「怎麼了？接下來怎麼了。」他的同學問。

手譯員的雙唇抖動著，低下頭去。看著琉璃的姜仁浩用低沉的聲音說：

「……被綁起來了，綁在桌子上。」

45

手譯員點點頭。年輕的女幹事再次尖叫。

這次徐幼真不再對她使眼色了。年輕的手譯員低著頭咬牙切齒。他覺得好羞恥，好像自己變成對琉璃進行性暴力的犯人。不管怎麼樣，他身為男人，不，身為一個成人，還不懂女人的男人，無法在這位身障女孩面前抬起頭來開口。他的頭顫抖著，左右晃動著。蹂躪這單手就能捧起的小鳥般輕盈的小女孩，這種人竟和他住在同一個世界，仰望著同一片天空，真是令他恐懼。琉璃沒察覺到繼續比手語。妍豆的母親代替疲憊的手譯員，她的臉上滿是淚痕。

——如果不聽話的話，就會被綁起來，還會被趕走，而且不給回家的車費。我最討厭校長、行政室長和朴寶賢老師了。他們最好受到懲罰。

琉璃打了個哈欠。

46

姜仁浩突然想起巴基斯坦和非洲兒童面無表情的眼睛。痛苦最極限的狀態是毫無感覺。他不由得想起女兒世美。如果世美是兒子的話，或許他不會那麼痛。

「今天先錄到這裡為止，最好將琉璃送到庇護家園比較好。不能再回去有加害人的地方了。妍豆也是一樣。妍豆媽媽，如果家裡有困難的話，也可以把妍豆送到那裡去。我們明天會聯絡琉璃的監護人，也會向警察申報琉璃的案件。」

性暴力諮詢所所長說。此時妍豆的母親小心翼翼地起身。

「老師，就算有困難我也要把妍豆帶回家。我得全部重新考慮，包含要不要休學。還有……不好意思，琉璃，我們妍豆的朋友，今天可以讓我帶回家嗎？」

徐幼真想要問些什麼，然而妍豆的母親似乎無法再忍耐，啜泣了起來。

「就算那個孩子的媽媽是個多麼貧窮、無力、沒知識的人，就算那個孩子耳聾，但遭遇這樣的事，孩子哭著叫媽，在黑漆漆的宿舍裡面，一個小孩獨自留在那裡，不曉得哭了多久，想到就讓人好心痛……我們也不會這樣對待掉出鳥巢的小鳥，怎麼會有對這麼小的孩子做這種事的傢伙呢？老師，雖然我不是親生媽媽，可是只有一天也好，也想要給她溫暖，做好吃的飯給她吃。我什麼忙都幫不上，能做的只有這些而已。希望你們一定要懲罰那些人，不要讓這種事再發生了……我們什麼都不懂，也沒有力量……你們一定要懲罰他們，一定要。」

妍豆的母親擦乾眼淚。徐幼真咬著嘴唇說：

「我們會的。性暴力諮詢所所長明天早上會去你那兒接琉璃，就這樣決定了。還有，妍豆媽媽，得先有心理準備。警察不會採取任何行動，我們明天起會將錄影檔案發送到全國的所有電視台、首爾人權委員會、霧津教育廳、市政府和我們知道的所有地方。採訪開始時會需要妳的證詞。我們也需要幫忙。這裡全部的人都一樣。」

徐幼真輪流看著每個人，最後看著手譯員。年輕的手譯員以困惑的表情盯著同學，然後開口說：

「原本我抱持輕鬆的心情來到這裡，卻受到了很大的衝擊。我從來沒有像今天這麼後悔學手語……但是，我願意幫忙。」

姜仁浩默默走到辦公室的角落，將幾乎快睡著的琉璃背在身上。將這麼輕盈的孩子綁起來，脫光毆打，對這麼年幼的孩子施暴的人，到底是什麼樣的人。

姜仁浩背著琉璃，霧津的街道上薄霧籠罩。

47

傍晚時分降下的霧，清晨時讓霧津市就像掉進牛奶桶一樣。位於偏僻海邊的慈愛學院沒有其他交通工具，姜仁浩只能開著車去上班。看不見前方，車子只能緩緩前進。摸索前進的車接近校門時看見一個形體，好像要從白色的液體內竄出，他嚇了一跳連忙踩煞車。在校門口前，路很狹窄，只要有人擋住，車子就不能通過。姜仁浩放慢速度，緩慢接近，看見一名穿著西裝的男子，對方舉著寫了斗大字體的紙張面對車子站立，他反射性地按了按喇叭。是幾天前在校長室前被拖走的生活輔導教師，名字應該叫做宋夏燮。他踩了煞車停車。

他手上拿的紙張寫著「我遭受不當解僱」的端正手寫字體，在霧中看起來就像字幕。他脆弱地站在白霧裡面，好像電腦畫面的遊戲人物，在跳出「請問要結束遊戲嗎？」的視窗後，一有人按下「是」就會隨即消失。他看起來異常不安。宋夏燮緊閉的唇形似乎在說：「我覺悟了，就算得死，我也不會退卻。」偶爾因呼吸急促鬆開嘴唇時，如同秋天的風吹過，臉上充滿恐懼。

他還是穿著上次那一身黑西裝。姜仁浩想像今天早上他打上正式領帶，穿著俐落的西裝，穿過濃霧來到這裡。這樣想之後頓時熱淚盈眶，他低下頭來望著儀表板。

此時從背後傳來震耳欲聾的喇叭聲。回頭一看是一輛藍色的車閃大燈，對著他狂按喇叭，因為濃霧的緣故，在瞬間他無法分辨究竟是校長還是他的雙胞胎弟弟行政室長。對方的遠光燈閃爍著，連濃霧也完全無法阻擋，他又發神經地按喇叭。黑衣警衛從宋夏燮站立的白色畫面後方跳出來，開始和他拉扯。藍色車的喇叭更大聲了。警衛一邊拉著宋夏燮，一邊向姜仁浩發出不悅之色，姜仁浩只能驅車往前。他似乎聽見宋夏燮的喊叫聲穿過濃霧。他雖然是聾人，但卻是能說話的人。

「解僱是不正當的，我沒做過這些事。」

昨天從這裡帶琉璃下班時，姜仁浩完全沒料想到今天早上會以這種心情迎接早晨。短短的一天，自己體內所有東西完全改變了。此刻的霧從高處沉降下來似乎要占領一切，他感覺慈愛學院那古色古香的建築物在霧中隱約閃現，彷彿在偷窺著他。此時從他背後傳來一連串咒罵聲。

「哪個白痴傢伙，除了呆呆看著那個聾子之外就沒其他作為了嗎？」

姜仁浩覺得好像有人抓起自己的後衣領，突然間不曉得這裡是哪裡，彷如自己被彈出了宋夏變的白色電腦畫面。他反射性地回頭看，迎上行政室長在駕駛座車窗充滿敵意的目光。

「原來是菜鳥。最近麻煩的事真是多得數也數不清。看什麼看？臭小子。」

姜仁浩閉上眼睛。第一次有這種感覺，行政室長該不會誤以為自己是聾人老師吧！他的呼吸加速，就像想搭地鐵，爬了層層階梯到了地鐵站後卻看見叢林裡的土狼，但他沒有恐怖，沒有憤怒，也沒有感覺，有的只是女孩駭人聽聞的陳述。事情逐漸變得鮮明，姜仁浩的嘴巴緊閉，開門走下車靠近行政室長，用沉著的聲音說：

「不管怎麼樣，為什麼罵髒話呢？那人就站在我面前，即便我叫他讓開，那個人也聽不見！」

「滾開，你也想變成聾人嗎？真是倒胃口。」

行政室長跨出車外，擦身而過，差點將姜仁浩推倒。

——**給一千塊……躺在桌上將雙手和雙腳……不聽話的話……連回家的車錢都不給……**

想起了琉璃面無表情的臉孔。不，並不是面無表情。再回想起來，這個孩子鬆軟的嘴巴和黑色的眼睛似乎在冒煙，就像尚未甦醒的休眠火山，縱然很微弱，卻一直在那裡。而今天早晨，隱約感覺到這縷輕煙似乎從自己的鼻子中噴出。

姜仁浩進入教舍內，突然畏縮了一下，走廊彷彿散發出一股腥臭味。他艱辛地吞下一口口水，酸苦的味道讓他陣陣作噁，他再次走出來，點上一根菸。突然對於自己沒能擁抱完成陳述後的琉璃感到後悔不已，當時他壓抑自己的訝異，沒去想到孩子。妍豆的母親收留那個孩子一天，他真的很感謝。現在他終於了解所謂的父母是什麼意思了。

宋夏燮現在朝向校門站著。紙張上寫的字已經皺成一團，被霧浸濕，失去了形體。姜仁浩意識到注視著自己的警衛，壓低聲音咳了幾聲，然後靠近宋夏燮。宋夏燮的眼睛滿是恐懼。他將徐幼真的名片遞給宋夏燮。宋夏燮看看名片又注視姜仁浩。

——可以幫助你的人。去那裡吧！

兩名男子雙眼對望。宋夏燮微微搖著頭向後退了幾步。姜仁浩知道他不可能再相信這個學校的任何人了，他後退的身影變得模糊，有如被霧龐大的嘴巴吸入。

姜仁浩再次進到校舍內。跟他預期的一樣，他一回去教務部長就叫他過去。昨天他在慈愛院取得外出許可，是陳琉璃的外宿問題。

「實際上她的監護人奶奶來了。啊啊！我昨天忘了告訴你嗎？她說要先帶回家，所以我昨天才幫忙。」

姜仁浩用和徐幼真套好的話回答。

教務部長歪著頭表示疑惑，然後說：「那麼就要填外宿申請書啊！」

今天人權運動中心的一名幹事到琉璃山上的家去接奶奶來霧津，如果沒能成行，說明情況後至少也能拿到琉璃的轉學同意書。和妍豆的情況不一樣的是，琉璃的案件警方無意啟動偵察，只能隨機應變了。

此時手機震動，是妻子的簡訊。

你什麼時候回首爾？不是說發薪水那天要來嗎？要請我和世美吃什麼東西呢？我們最近最大的樂趣就是想爸爸回來的時候要做什麼。

48

「有這種事……是誰說的？」

坐在對面的霧津教育廳崔秀熙獎學官問徐幼真。脖子纖細修長，給人些許強悍印象的獎學官，丟了一包綠茶包到茶杯內，抽出面紙擦拭茶几上的一、兩滴水漬，仔細摺好面紙丟入垃圾桶內。她一直沒看徐幼真，這時順手用纖細的手指撫平緊身裙的縐褶。她這些動作計較的是時間。身為一名鄉下國小老師出身的女子，能一路爬到今天的位置，她自認自己比任何人都還正直慎重。可是現在剪著西瓜頭、個子矮小的女子所拿來的案件，是足以動搖她一輩子成就的事件；再加上下個月就是女兒的婚禮，李江碩、李江福兄弟是重要的來賓，之前李家的孩子結婚自己可花了不少錢。首先要鎮定下來。她默念自己每次都會誦讀的祈禱語。

「願望實現吧！擁有想要的。我們懇切的渴望，主會全部給予。」

她挺直腰桿，小心翼翼地伸展雙腿，看著徐幼真放在桌子上的物品。

「這是孩子陳述的影片光碟，另外是陳述書。我們正式要求解僱慈愛學院理事長，由官方指派理事代替理事團，懲戒加害人。」

人權中心要求面見已是第四天了，原本打算拖一天算一天的崔秀熙獎學官，從一開始心情就不太好。

徐幼真對這次會面雖然不抱著期待，不過也沒什麼好損失的。所以她整理一下自己的心情從容地開口。

「原本向警察報案的只有國中二年級的學生被慈愛學院校長性侵，但經過調查後，發現校長、他弟弟行政室長，還有一名生活輔導教師，對另一名智力障礙女孩，也就是多重障礙兒童持續進行性暴力。我們相信調查後或許還會出現其他受害者。這兩起已經跟警察報案了，事態嚴重到令人無法置信。只要看了這片光碟，聽孩子陳述，就會知道這不是謊言。」

崔秀熙獎學官聽見性暴力一詞，皺了皺眉頭。不曉得是不是曾經聽人說，她就算皺眉頭也很好看，因此展現出非常有自信的表情。以五十歲出頭的女人而言，她的確擁有美麗的臉孔、纖細的身材，以及過人的自信。她為了不讓對方發現她心中的衝擊，喝了一口茶。李江碩校長和她丈夫都是霧津靈光第一教會的長老，也是一個月舉行一次、由熱愛霧津人士所組成的「無限愛」的社團成員。她納悶今晚在枕邊告訴丈夫這些事，他究竟會說些什麼。這麼好的人，做出這些事，究竟是真的嗎？她想起在高爾夫球場上面帶微笑不發一語的李江碩，她無法置信。他從來不曾用怪異的眼神注視纖細美麗的她。從這點來看，崔獎學官身為女子相信自己的直覺。她嗅到了陷害的滋味。

「很抱歉。等一下。那個……暴行是在上課時發生嗎？我想問是在上課時間發生的事嗎？」

徐幼真思索著，想她的話究竟是什麼意思。

「妳看影片就知道了，嚴格說來，就是學生下課後，吃晚餐回到校……」

「啊！如果是下課後，就不是我們職權管轄的範圍了。」

崔秀熙獎學官笑著這樣說。她看著徐幼真露出不可置信的表情，立刻從位置上起身按下內線。不久一名男職員走進來。

「金課長，慈愛學院的宿舍慈愛院發生意外，那是我們管轄的嗎？」

「不，那是市政府的權責。」

獎學官以一副權責已經釐清，再也無話可說的樣子望著徐幼真，彷彿是說：只要想到就覺得頭痛骯髒，拜託快走吧！

徐幼真忿忿不平地嘆了一口氣，接著說：

「校長、行政室長和生活輔導教師在學校內對學生性侵和性暴力，如果不是由教育廳管轄，到底……是哪個單位主管？這像話嗎？」

「所以說啊，慈愛學院是由我們主管，可是慈愛院，也就是生活宿舍則是由市政府社會福利課管轄。妳去那裡就對了。慈愛學院的學生下課後回到宿舍，下課後發生的事件就是慈愛院的事。呵呵！那就是由市政府管轄。」金課長留意獎學官的神情，以一種世界上再沒有這麼明白的真理的自信口吻說道。

「什麼？慈愛院的院長也是李江碩不是嗎？他的弟弟是李江福。再加上孩子是這個學校的學生，學生被校長、行政室長和老師性暴力，而且是在學校內發生的，你現在是說這不是教育廳主管嗎？」

徐幼真的聲音高亢。崔秀熙獎學官回到自己的位置翻閱其他文件。

金課長發揮對待什麼都不懂的可笑大嬸的耐心，露出笑容。

「呵呵！這樣想也有道理，可是行政就是這樣。呵呵呵！請到市政府去吧！」

金課長笑了笑，不願意再繼續周旋下去的樣子。

徐幼真轉頭看看這兩個人，她拿來的光碟和裝了陳述書的文件信封仍然放在茶几上。她雙手合十低聲地說：

「是的，獎學官。我知道了。我會去市政府。可是這是在學校發生，由校長、他的弟弟行政室長和生活輔導教師等人引起的犯罪，被害人是非常可憐柔弱的孩子。加害人還在學校教導他們的老師，留下的傷口恐怕一輩子也無法抹滅。學校的負責人都有嫌疑了，教育廳著手先進行監察，這不是理所當然的事嗎？」

金課長站著觀察崔獎學官的表情。獎學官在文件上寫東西，突然抬起頭來，以一種「就算妳想，我們也只能做到這種程度」的表情點了點頭。

「是的，這是我們經常在做的事，也是我們該做的事。金課長！去慈愛學院檢查看看。」

「是的，知道了。」

金課長回答。

獎學官都說要檢查了，執行人員也應了好，徐幼真再也無話可說。她推開門正準備走出，頓時停住，牆上掛的獎狀，上面寫著「霧津女高之光，崔秀熙」。她回頭看。崔秀熙獎學官始終低頭看著桌子，她感覺這不是因為不在意她，而是過度在意她。

走出教育廳，她的腳底有東西嘟一聲掉落。是秋天的第一片落葉。

49

市政府社會福利課的張課長拿著紙杯望向遠處，發出咕嚕咕嚕的聲音喝咖啡。他是個身高適中，身材清瘦，頭髮自然捲的中年男子。他聽完徐幼真的話後，搔搔頭，露出不高興的表情。

「這是學校的事，妳應該要去教育廳，這裡只負責學生的生活福利。」

如果先來這裡，再去教育廳，那麼會比較不生氣嗎？徐幼真走近張課長，試圖用不那麼氣憤的聲音低聲說：

「我已經去過教育廳了，他們說放學後在宿舍內發生的事，叫我找市政府社會福利課。」

張課長依然不看徐幼真，歪著頭繼續咕嚕咕嚕喝著咖啡。**到底是從哪裡學來這種壞習慣，不看著說話的對象**。然而她仍然以恭敬的姿態站著。

「學生的事件是在慈愛院發生的？」

張課長終於斜眼看著徐幼真問道。

「我把被害人陳述的影片和陳述書帶來了。只要看了就會了解，這個是學生在下課後……」

徐幼真嘆了一口氣，這已經是第三次說明了。

「學生下課回到宿舍，之後前往……」

「那個啊！徐幹事。這不是我應該調查的事，也不是我該知道的事。我要問妳這件事是發生在宿舍內嗎？」

「地點在學校。首先是一樓廁所，校長室和行政室……」

徐幼真想起琉璃的陳述，顫慄著。張課長喝著剩下的咖啡，發出咕嚕咕嚕的聲音後回答。

「妳要去教育廳。這裡是負責慈愛院學生的生活，我們的預算分配是這麼用的。去教育廳吧！」

張課長再次拿起紙杯喝咖啡，轉動旋轉椅背對著她。她望著椅背，突然想，如果可以痛毆那轉過身的背，暴力也不是件壞事。

「教育廳說是下課後的事，不是他們的職權所在。何況有名學生是在宿舍內遭受性暴力，怎麼可以推拖說不是你們的權責呢？」

坐在旁邊的一名公務員似乎嫌吵，緩緩起身，拖著拖鞋走到窗戶旁。徐幼真突然有種自己是小雜貨商人的感覺。

「喂！張課長，慈愛學院和慈愛院一年從政府領到的錢是四十億，這些都是我們繳納的稅金，你們至少要監督他們是不是好好養育身障的孩子。我已經跟你說過了，有個學生是在宿舍遭受性暴力，而且還是輔導宿舍生活的老師對學生伸出魔爪！」

徐幼真的聲音變大，張課長以不悅的眼神看著提高音量的她，回答：

「所以說，老師施暴，這是由教育廳主管。監視老師的工作是社會福利課來做嗎？是否有好好運用預算，這是由市議員來判斷，妳去市議會吧！」

坐在旁邊的中年男子這時回到位置，低聲地說：

「一大早就聽到性暴力、性暴力，有點太誇張了吧！還是從年輕的女子口中說出。呵呵呵！」

「你們也有孩子吧，怎麼會說出這樣的話？總之你們是監督慈愛院領薪水的不是嗎？」

徐幼真忍無可忍。

「總之去教育廳吧！大嬸，妳從早上就來大呼小叫的，既不是我們管轄的，我們也就無法可管……事情就是這樣，我們也束手無策。」

他們旋轉椅子，面向窗外的風景。張課長將最後一口咖啡喝完，咕嚕咕嚕的聲音就像打雷一樣。

徐幼真推開市政府社會福利課的門走出來，雙腳顫抖著，搖搖晃晃走到停車場。此時手機響了，是男幹事。男幹事今天到市議會去陳情，可是那裡的情況也是一樣。無力地坐上車，她有好一會兒無法動彈。她將手機蓋上，將臉埋在駕駛座上。手機再次響起。這次是姜仁浩。

「記得宋夏燮老師嗎？那位老師雖然是聾人，但是可以說話。我之前告訴過妳吧！就是幫妍豆報案的那位生活輔導教師。他獨自一個人站在校門前示威，我把徐學姊的名片給他了。妳在聽嗎？」

「嗯……」

「如果他過去的話，妳幫忙一下。還有妍豆跟琉璃的事，我跟學校都說好了，不過早晚會穿幫的。妳怎麼了？徐學姊？妳在哭嗎？」

徐幼真低聲喊他的名字。他在電話另一頭有一種突然停止的感覺。

「仁浩啊……」

「我早就知道我們國家不是個最好的國家，可是沒想到竟然沉淪到這種地步。我們好像要奮鬥很久。教育廳、市政府，他們都是一夥的。霧津女高、霧津高中，還有國小，甚至是國小，不是妻子的姪子，就是無限愛社團，不然就是靈光第一教會的人……仁浩啊！是四十億，四十億！這些傢伙一年拿了四十億，居然做出這種事。男幹事去監督預算的市議會陳情，結果徒勞無功。其中幾個市議員還涉入性暴力性侵害案件。有一個傢伙還是在電梯內性侵的嫌疑犯，在電梯裡面……這是不是太搞笑了？我們真的要在這裡養育我們的女兒嗎？在這個發情的國家嗎？」

50

霧已經散去了，街道還是一片朦朧。徐幼真用力眨著眼睛，好像自己多了片眼皮讓她看不清楚一切。霧津的霧像女鬼的頭髮，讓人呼喚著太陽和風快來驅散它。

徐幼真獨力扶養兩個孩子，一點也不覺得孤單。她每天祈求今天晚上孩子不要生病，祈求明天不要遲繳大樓管理費，一個月可以到烤豬小排店用一次餐就覺得好快樂。孩子想多點一人份的肉時，不用擔心錢的問題，放心地點，就認為得自己是個有錢人。孤獨的想法，等到孩子都大了再想吧！等到出生就罹患先天性心臟畸形的老二變得健康，到時候再想吧！這是她很早以前就下的決定。

徐幼真搖下車窗，冰冷濕潤的風迎面刺來，臉頰不禁灼熱刺痛。她想起昨晚性暴力諮詢所所長打電話來的事，不禁流下淚來。

「我帶琉璃去看婦產科，接受婦產科治療，也拿到了診斷書。處女膜破裂，外陰部嚴重摩擦裂傷，不斷受到感染，所以她晚上才睡不著覺。徐幹事，這樣看來，倘若琉璃不是弱智的話，這個孩子要怎麼承受一切，不是嗎？徐幹事，搞不好這樣比較好……」

她不知不覺猛踩油門。延伸到海邊的蘆葦似乎被撤退的霧咬了一口，變成藍色的。在湛藍的天空下看清澈的海洋，似乎是很久以前的事了。

大女兒海洋很小的時候，她和丈夫離了婚，不久發現自己懷了小女兒天空。她嬌小的身軀，肚子沒有很大，臉上長了許多雀斑，臉色暗沉，心情極度敏感，一天有好幾次起了想自殺的念頭。就在那個時候，在大型書店翻閱書籍時，肚子突然有了東西觸動的感覺，一開始以為自己不小心碰到了書架。還沒到能感覺得到胎動的懷孕月份，她忽略自己的感覺，為了找書走來走去。可是肚子又踢了一下，她停了下來撫摸自己的肚子，就像在風勢仍很強勁的春天，從結冰的地面上冒出的新芽。天空用小小的觸感證明了自己的存在。當時她站在大型書店的角落，流下了眼淚。不是悲傷，也不是絕望，而是任何人站在宏偉的莊嚴前，都會流下的敬畏的淚水。

之後她獨自將孩子生下來。沒有錢去醫院生小孩，把產婆叫到自己的小公寓。比自己遭遇的不幸更可怕的，是讓別人知道自己的不幸。她不能否認帶著海洋和襁褓中的孩子來到霧津，正是因為這個原因。剛出生的孩子實在太小了，嘴唇發紫這件事也讓她掛心。這都是因為懷孕期間自己沒有好好進行胎教的罪過，那天晚上她躺在孩子身邊下定決心。

「媽媽或許沒辦法讓妳們穿上公主般的衣服，或許也買不起綴滿蕾絲的床鋪，也沒辦法跟爸爸帶妳們去遊樂園玩，拍一張家庭照。對不起，真的很對不起，但媽媽答應妳們一件事。我們海洋和天空長大的時候，媽媽會創造出一個更好的國家，讓身為女人的妳們可以更勇敢，正大光明地走在馬路上。雖然只有一點點改變，雖然感覺不太到，可是為了打造出讓人類過著更像人類生活的世界，我會盡全力努力。」

此時手機鈴聲再度響起。是辦公室。濕氣凝結在擋風玻璃，徐幼真啟動雨刷，一邊接起電話。是男幹事的聲音。

「前輩，這次是好消息。首爾那裡有消息了，會大幅報導我們的事件。他們的導播說要過來，我已經答應了。妳快點回來。我們要整理資料提供他們，可是人手不足，妳快回來吧！咦！徐前輩，首爾國家人權委員會也打電話來，要調查我們的問題，拜託我們多寄一點資料……」

徐幼真立刻掉轉車頭。雖然是畫了黃線的道路，明顯違法，然而她毫不猶豫，加速直奔霧津人權運動中心辦公室。

51

徐幼真從辦公室打電話給姜仁浩。姜仁浩因為接了她之前哭泣的電話心情不太好，正繞著操場抽菸。不過這回徐幼真的口氣又快又急促。

「今天首爾電視台的導播會來。我們的請求終於受到矚目了。不僅是性暴力問題，還有虐待男童的問題、惡劣的用餐問題等，都能藉此次機會曝光。你不是說班上有個在宿舍被揍的學生嗎？今天可以帶那個學生出來嗎？」

她的聲音就像第一通的風起雲湧後，天空突然放晴出了大太陽，什麼事都沒發生過。他想，無論哪一種總比霧津濃霧潮濕的天氣好得太多。

「猥褻和性暴力的部分我們已經錄好了，只要把影片交出來就可以了。虐待男童的問題，我們要事先了解，做簡報。如果能早一天播出，我們的問題就能早日解決。」

「知道了，可是剛剛妳哭了……現在好一點了嗎？」

本來想裝作若無其事，但姜仁浩還是提起了。電話那頭傳來靦腆的笑聲。

「那個啊！反正你知道的，每次總是慎重莊嚴地開始哭泣，最後都會以擤鼻涕收場。」

姜仁浩笑了起來。突然有一種想要保護徐幼真的念頭，有一種熱淚盈眶衝動的情緒。如果不是想到自己連妻子和孩子都照顧不好，想到徐幼真，突然有些不一樣的情愫。

那天下午他離開學校時帶著全民秀。民秀聽到姜老師要請吃炸醬麵，乖巧地跟著來了。民秀臉上的傷口看起來好多了。遵守約定請孩子吃了炸醬麵後，抵達霧津人權運動中心，辦公室內充滿著活力。會議室裡有好多架電視攝影機和忙碌走動的人。民秀看到這麼多人，腳步向後退，躲到門外，表情充滿恐懼，還跟姜老師比說想回學校去。如果當時宋夏燮老師不出現的話，民秀或許會跑走。宋夏燮收到徐幼真的聯絡，立刻來到中心。看見宋老師，民秀的臉上頓時有了血色。要不是民秀在場，姜仁浩和宋夏燮這兩個大男人的見面氣氛還真有點尷尬。宋夏燮把害怕發抖的民秀叫過去，好像故意讓姜仁浩聽見，比手語的同時也發出聲音說：

「民秀啊！沒關係，這些人全都是要幫我們的人。」

看著手語的民秀專心望著宋老師的臉。宋夏燮望著民秀，慢慢點頭，再次用手語比著。

——為了讓你說出對你不好的人做了什麼事，才帶你來這裡的。如果你能說出他們做了些什麼，以後就不會再有這種事發生。

民秀再次望著姜仁浩。姜仁浩也靜靜地點頭，然後從口袋裡拿出手帕，擦拭民秀嘴角的炸醬麵醬漬。此刻突然想起擔任級任導師的第一天，為了擦拭民秀哭泣的淚水，拿出手帕的情景。這孩子的弟弟前一天在鐵軌上發生意外慘死，那時不曉得姜仁浩聽不懂，民秀以激動的手語比著。同樣一個孩子，這時的民秀卻溫順得像個寶寶，姜仁浩抓著民秀的肩膀，瘦弱的肩膀讓他為之一震。到底是怎麼養這些孩子的，究竟讓他們吃些什麼，怎麼全都如此嬌小，骨瘦如柴呢？

他放開民秀的肩膀，用手語說：

——這裡是安全的地方。大家聚集在一起，是為了懲罰那些傷害毆打弱者的人。你不用害怕，有什麼事儘管說。你說的話可能會在全國的電視播放。民秀，換句話說你是聾人世界的國家代表選手，這樣你知道了嗎？要好好表現。

聽到電視這句話，民秀的臉色發亮，隨即又暗沉了下來。

宋夏燮帶民秀走進會議室內。

開始錄影了。剛開始別無選擇，被拖下水參加的手語翻譯員也來了，現在已經變得很熟絡。

徐幼真問民秀。

「為什麼慈愛院的飯不能吃呢？」

——午餐還不錯。午餐時學校老師也一起用餐。可是晚餐就用午餐的剩飯剩菜或炒或煮。有時候湯裡面還有竹筷，我們住宿生都戲稱為餵豬飯。幾乎沒有人敢吃。

「你會買點心來吃嗎？」

——父母來探望的時候，或是有錢的時候會外出去買來吃。可是父母帶來的蛋糕和餅乾全部都被生活輔導老師沒收了。

「聽說會打人？」

民秀的臉突然垮了下來。

「聽說你弟弟因為意外死亡，你可以告訴我們，你弟弟為什麼跑到鐵道去？那天是星期天，獨自外出很危險。為什麼你弟弟跑到那裡？」

民秀的臉色慘白，緊閉雙唇。姜仁浩想握住民秀的手，卻被宋夏燮制止。宋夏燮對民秀用手語說了一些話。可以說話的他不發一語，看起來是他們兩個之間的事。民秀消瘦細長的臉開始扭曲，燈光照射下的他額頭冒汗。

「弟弟死前發生了什麼事？弟弟也被毆打嗎？」

民秀用點頭代替手語。周圍的人臉上一陣緊繃，室內一片鴉雀無聲。

「被誰打的？」

民秀再次低下頭，然後又抬起頭來。宋夏燮和姜仁浩焦急的目光停留在民秀身上，民秀似乎察覺到了，慢條斯理地舉起手比著。這個孩子瘦弱的背部和胸口全都是汗水，T恤都濕透了。是冷汗。

——**被朴寶賢老師打，也被其他學長打。**

「為什麼被打？你弟弟經常違反規定嗎？」

想要說些什麼的民秀突然望著天花板哭了出來，情況突如其來，姜仁浩靠近民秀安撫他。可是民秀突然激烈地比著手語，不是對著手語翻譯員，而是對著宋夏燮老師。看著民秀比手語的宋夏燮雙眼充滿著驚駭，在一旁的手譯員臉色也頓時慘白。

「什麼事？在說什麼？」

徐幼真詢問。

「先不要管。我們先錄影，之後我們回首爾再找手語翻譯員來翻譯。先不要刺激孩子的情緒。」

來自首爾的導播低聲向徐幼真說。

宋夏燮看著這個孩子的手語後，雙手低垂下來，眼睛茫然無神，連望著別地方的力氣都沒有。手語翻譯員以不可置信的表情吞了一口口水。暫時的沉默。宋夏燮用雙手遮住臉孔。大家都把視線挪往手語翻譯員身上，他猶豫了一下，然後對民秀再次比手語。

「你再說一次吧！那一天弟弟為什麼到市區去？」

民秀的情緒似乎已經和緩一些，抬起頭來比手語。

——**朴寶賢老師上夜班後，早上從宿舍下班要回家去，說讓我們到他家裡玩電腦遊戲，我跟弟弟就跟去了。**

「然後呢？」

——到他家之後朴老師帶我到一間有電腦的房間，叫我在那裡玩遊戲。然後帶著弟弟走了。

「帶到哪去？」

——到隔壁房間。

徐幼真的眼睛發出銳利的目光。沒有人打破沉默。有一種整個會議室被龐大的滾輪硬生生輾過的感覺。

「然後呢？」

——我玩了一會兒遊戲。平常只要過了一、兩個小時，就會叫我不要再玩，可是已經過了三個小時了。我走到客廳，只有朴寶賢老師一個人獨自看著電視。我問他弟弟哪裡去了。他說他自己一個人回宿舍去了。

民秀開始啜泣。

——弟弟不知道回宿舍的路，也沒有錢，根本不可能這樣做。我走到外面，霧太濃了什麼都看不見。之後我才知道朴寶賢老師家附近有鐵道經過。我在那之後就沒再見過弟弟了。

「他有說弟弟為什麼離開嗎？」

——朴寶賢老師不回答。還說我如果離開也會像弟弟永秀一樣在濃霧裡失踪，搞不好會被壞人帶走。他說他等一下煮泡麵來吃，吃完帶我回學校。我好擔心弟弟，焦慮得快要瘋掉了。他不識字，也不會背電話號碼。可是朴寶賢老師把我撲倒，然後脫下我的褲子。

聆聽的女幹事發出尖叫聲。

52

曾經有一次，他碰巧在孩子纖細的前臂上發現了一隻蠕動的毛毛蟲，從初夏樹木上掉落的毛毛蟲，他試著輕輕將牠取下，好像要從衣服上摳下乾的飯粒一樣。他用兩根手指輕輕地拉著，毛毛蟲像黏附在孩子皮膚上細微的毛孔一般，從裡面不斷被拉出來。他為之一驚，鎮定情緒，眨了眨眼睛，調整呼吸，再次仔細端詳。剛才的毛毛蟲已經消失了，但同樣的位置伸出另一隻毛毛蟲的頭，在原地蠕動著。怎麼會這樣，他伸出手指頭，再次抓起，拉出一隻像越南河粉一樣細長、乳白的毛毛蟲。可是又有另外一隻從原地冒出來蠕動著。怎麼會這樣呢，現在孩子的同一個毛細孔不停鑽出這種毛毛蟲。姜仁浩無法再看下去，對這孩子感到憐憫；然而憐憫卻比不上對這景象的嫌惡。

嫌惡，這是神為了保護軟弱的人類遠離怪異或扭曲的東西，所賜予的第一個感覺。

姜仁浩轉過頭，想要逃跑，卻不能丟下孩子不管。毛毛蟲從孩子的毛孔內伸展得更長了，搖擺著身軀。孩子的臉沒有表情。孩子吃著餅乾。孩子遺忘細長的毛毛蟲在手臂上舞動，又拿了一片餅乾。

孩子是民秀，孩子是琉璃，孩子是妍豆，孩子是女兒世美。他伸手抓住世美的手，想要說不行，可是毛毛蟲爬到自己的手臂上跳起舞來。

53

「啊……」

這樣的尖叫聲從那天之後就在姜仁浩的夢中出現。枕頭上滿是汗水，從夢中驚醒後，全身的肌膚像被網子罩住般，奇癢難耐。喝完冰水後，感覺還是無法退去。

不曉得是不是清晨了，窗戶呈現天光的淡藍色。叮咚一聲，傳來收到簡訊的聲音。拿起床邊的手機，是徐幼真傳來的簡訊，應該是失眠睡不著覺吧。

我睡不著，現在人在海邊。藍悠悠的清晨快要從沙灘的另一邊接近了。今天是世界說謊的日子？還是說真話的日子？殘忍而頑固的真實。如果你醒了，可以過來一下嗎？

姜仁浩起身眺望窗戶外，街道仍然在熟睡之中。

聽得見遠處的清掃車經過的聲音。清晨的風凜冽，彷彿告知秋天已經到來。

徐幼真坐在堤防上眺望著海。姜仁浩從車上走下來時，看見她的臉凍成鐵青色。和市中心不一樣，海邊的清晨微風更是冷颼颼。

「我記得你是個貪睡鬼，沒想到這麼快就來了。每次去露營時，睡到太陽曬屁股的人就是你，不是嗎？」

徐幼真的口中散發出還沒退去的酒臭味。她手上拿著一個小的燒酒紙杯，旁邊的塑膠袋裡有燒酒瓶和下酒菜。

「可是我每次只要說會來，就一定會出現。」

徐幼真聽到姜仁浩回答後，似乎想起很久以前的回憶，露出笑容。

「對啊！就算會遲到，可是你一定會來。對，這就是姜仁浩。」

她拿起燒酒紙杯一飲而盡。

「妳該不會是一個人整夜待在這裡喝吧？」

「不是啦！我和男幹事與手譯員原本待在辦公室，他們一個小時前先行離開。我本來也想回家的……」

徐幼真拉了拉身上的薄外套，微微打哆嗦，然後把話說完。

「……不過我還想來這裡喝杯酒。」

她繼續說：

「你記得之前迷路的時候打電話給我，我到你家去喝了不少酒嗎？那個人情，就今天還吧！」

徐幼真粲然一笑。風吹來，她的臉頰起了雞皮疙瘩。姜仁浩將塑膠袋內的燒酒倒入紙杯內拿給她。

「我很想還我的人情債，可是今天要上課。我就先作陪，妳連我的份一起喝完，再回家去好好睡一覺。」

徐幼真雙手端起小紙杯，靠近嘴唇。他突然覺得她好像快要哭了。他脫下夾克披在她的肩上。將酒杯放到嘴邊的她瑟縮了一下，定格不動。姜仁浩在將明未明的晨曦中眺望著海洋。

「好溫暖喔……我之前真的很喜歡你，你不知道吧？」

姜仁浩摸了摸頭，將披在徐幼真肩上的夾克領子立起來，擋住吹到脖子的風，然後回答：

「我知道。」

她吃驚地看著他。

「不，不只是純粹的喜歡，而是想跟你交往。以男人來說，以學弟來說，你是個不錯的傢伙。不過不是這樣……你知道我要說的不是這些吧。」

徐幼真說完之後，就像發表論文一樣，一副很驕傲的表情，獨自一個人笑了起來。

「是啊……我知道。」

徐幼真突然做出誇張的表情，笑開來了。

「你騙人！」

「真的啦！」

姜仁浩低聲說：

「為什麼妳認為我不知道。我知道。我就是知道。」

徐幼真打了個酒嗝，歪著頭說：

「喂！你這樣是來傷我的自尊心嗎？不喜歡我嗎？你總是恭恭敬敬把我當學姊看待。」

姜仁浩仍然笑著搖搖頭，把臉靠近對方。

「其實完全相反。學姊說得對，是我沒有自信。」

她思索這句話的含意，露出了深沉孤獨的目光。

此時聽見遠處傳來的浪花聲。就像沒有腳的魚，翻騰飛舞的浪花費力地拍打過來，又再次退回原位。

「今天節目播出後，會發生什麼事呢？」

她的聲音不夠飽滿，有點像在自言自語。

「這是我們最後一張王牌了……這種罪犯當然得接受制裁，可是全霧津的上流社會還試圖包庇他們。連三歲小孩都知道的犯罪，還強辯說不是犯罪。姜老師，我……實際上，好害怕。我有不祥的預感，好害怕。」

姜仁浩執起徐幼真的手，她的手真的好小。她沒辦法迎向他的目光。兩個人默默地坐著。太陽像瘀青的紫色，從海中升起。

54

姜仁浩下班後先回家一趟，再走路到霧津人權運動中心辦公室。街道上依然熙熙攘攘。第一次來到這裡時，拉住他的小娼女仍然在街上流連。她和姜仁浩四目相接，似乎已認不出他來了。這是理所當然的。他已經被霧津的霧沾濕，染上了墮落的氣息。街道上的任何人對她而言只是來來往往的鈔票罷了。人們推開餐廳的門走了出來。車輛的喇叭聲此起彼落，頭燈閃爍。也許心裡頭不願意，但他現在也是這個街道的一分子了。

55

人權運動中心會議室充滿了緊張氣氛。徐幼真、中心職員、手譯員和宋夏燮老師已經先到了。琉璃和民秀已經由性暴力諮詢所所長帶到庇護家園。七點的新聞播完後，人權運動中心的電話鈴聲馬上響起。年輕的幹事接起電話，轉成擴音。是負責今晚節目的導播。

「節目按照預定播出。我們已經盡力了，現在只能等待後續的發展。可是慈愛學院的抗議聲浪不斷，剛才還打電話給我們電視台的幹部。他們的後台似乎相當硬。我們偶爾會遇到這樣的事。要提醒你們的是，他們這次看來不會善罷干休。警察不採取行動的話，如果發生什麼事請跟我們聯絡，在首爾有什麼幫得上忙的地方，我們會盡量幫忙。孩子們還好嗎？」

說完最後一句話，導播似乎也很緊張，刻意笑了笑。雖然偶爾會遇到這樣的事，但還是會緊張，這也是很無可奈何的。聽到孩子們都好後掛上電話。

接近播出時間了。徐幼真依然像往常一樣安靜沉著，如果有人問起海邊破曉時分的燒酒，她似乎會回答，今天凌晨？嗯，那是做夢吧！

沒有人開口。會議室牆上的時鐘秒針走的聲音就像雨一樣打在大家的肩膀上。為了穩住自己，姜仁浩走到走廊上抽菸。此時手機震動收到簡訊。

老公，有什麼事嗎？學校發生什麼事了？

是妻子。他遲疑了一會兒，發現最近很少和妻子聯絡，然後手指緩緩地敲著按鍵。

妳沒事吧？我很好，不要擔心。因為妳始終信任我，我很好。

會議室內傳出短暫的嘆息聲，似乎是節目要開始播放了。他熄掉香菸，想要快點走進去。這時又收到簡訊。

是啊！如果我不信任你，誰會信任你呢？我們加油吧！打起精神來！加油！

他拿起手機看了一會兒，猶豫了一陣子後關掉手機。

56

——朴寶賢老師把我撲倒在沙發上，脫下我的褲子，然後……也把他自己的褲子脫掉，把他的性器塞入我的肛門內……

「不能反抗嗎？還是逃走……」

——反抗的話就會被毒打一整夜。

「弟弟永秀那天也遭遇了這種事嗎？」

——我不太清楚那天他到底發生了什麼事。

「那麼，之前曾經發生過嗎？」

——……有。

「在哪裡發生的？」

——朴寶賢老師把我帶到他家裡，或是在宿舍澡堂內。

「弟弟死的時候你有什麼想法呢？覺得是自殺嗎？」

——弟弟不是會自殺的孩子。他沒有這樣的智力。可是弟弟發生了這種事，真的好痛……痛到好幾天連走路都不能走……太痛了……那一天也在想弟弟是不是很痛……

電視畫面中的民秀，畫面外的徐幼真和女幹事雙手掩面哭泣。現在不是在孩子面前，可以盡情哭出來。此時坐在電腦前的男幹事大叫。

「已經有人留言了！不只有電視節目網站，還有我們中心的網頁，都有留言。發揮作用了。」

比暴行更痛苦的是遭到孤立的感覺，沒有人幫助的絕望，可是現在，他們不是孤單一個人。在確認的那一刻，他們從生命的根底感受到喜悅的撼動。

57

從生命底層撼動的不僅僅只有他們。那天晚上，全霧津都撼動了。第二天，將過去民主化運動的動章放在抽屜衣櫃內的元老，穿起西裝打上領帶，從家裡走上街頭；民主化運動團體在選出領導人之前，先停下手邊的競選活動關注小小的人權中心。記者從首爾蜂擁而來，每台電視新聞都在報導慈愛學院的醜聞。從市長到學校，從公共機關到網路，到處都在談慈愛、慈愛、慈愛……霧津變成慈愛的熔爐。

正義就像被埋在地底深處柔軟的土，在挖掘之後露臉了，確認了古老的傳說，證明世界還是值得居住的。從那天以後，霧津人權運動中心的當班者輪流守夜，回應支持者的拜訪和鼓勵，收取物品和捐款，忙得不可開交。

節目播出後隔天，姜督察就前往慈愛學院親自逮捕李江碩校長、李江福行政室長和朴寶賢生活輔導教師。

逮捕的那一刻，校長和行政室長正在討論姜仁浩的約聘教師解僱通知。昨天姜仁浩在電視節目上出現，雖然用馬賽克處理，可是認識的人都能認出那是姜仁浩，他對於慈愛學院有許多不利的證詞——對孩子的毆打和性暴力，會手語的老師不足，而且動用私刑。李氏兄弟連自己要被緊急逮捕了都不曉得，正準備叫姜仁浩過來。然而姜督察快了一步。

姜督察實際上對於他們的反應相當不安。接到報案時，警察一開始不做任何處理，就應該要趁機想辦法去安撫、協議當事人，沒辦法的話，也能叫流氓出面威脅，再把他們趕走，這樣結案才對。可是長期以來的權力結構怠惰了。他們以為今天就像昨天一樣，什麼事都沒發生過，毫無想法，也沒有任何防備。已經給了很多暗示了，此時他不能再袖手旁觀。長期以來的經驗告訴他，被扣上手銬的往往不是壞人，而是愚蠢的人。猛獸就算獵捕一隻腿受傷的鹿，也不會這麼放心。

當他扣上手銬的那一刻，校長李江碩以不可置信的表情望著姜督察。姜督察看得出來，他在搜索自己臉上的愧疚感，有種讓我們來算一算「你這段期間拿了多少好處」的意味，看來校長還不曉得事態嚴重。要對這種人使出強硬手腕，姜督察以面無表情的語氣念出米蘭達原則：

「你有權利保持緘默，你所說的一切都將成為呈堂證供。」

接著又說：

「讓我好好地告訴你這句話。現在才剛開始上課，走廊上沒有人。大叫救命也沒有人聽得到。走吧！」

言下之意似乎在說：**是啊，我是拿了你不少好處，所以現在我才親切地告訴你，這是為了你好**。

行政室長李江福全身發著抖。剎那間，姜督察第一次確信他們對聾人進行性暴力，而且幾乎是一種直覺。他處理人渣的經驗雖多，此刻這三個人卻讓他特別作嘔。

「姜督察，不是我們，我們，我發誓從沒做過這種事。姜督察你也知道的嘛！姜督察！」

行政室長李江福哭喪著臉，大叫著，姜督察向金警官使了個眼色，將李氏兄弟送上他的警車。金警官再和另一名警官押著朴寶賢坐上另一輛車。

「這是陰謀！看完這些赤色分子的節目，就變成這樣，怎麼會有這種事？」

姜督察甩上車門。他現在關心的不再是這些蠢蛋沒察覺到他們現在的處境，而是他們是說爆就爆的未爆彈，而且自己也脫不了干係。姜督察試著只看路專心開車，偶爾還是瞥一眼後照鏡。不曉得是否已經察覺到姜督察真的背叛了他們，他們像小孩一樣哭喪著臉。看起來以為表情天真的臉，可是再次細看，卻是衰老狡猾的臉孔。

「姜督察，幫我打電話給朴律師，叫他快點過來，好不好？還不快點打電話，你在做什麼？」

校長李江碩哽咽著說。姜督察在前座用輕蔑的眼神回頭看他們。

李江碩假裝沒察覺姜督察的眼神，漲紅著臉繼續說：

「我們不是認識嗎？朴律師一定能解決這件事。好！叫朴律師吧！他是霧津最厲害的律師，也是我們慈愛學院的理事。對啊！這樣就好了。對了！還有姜督察，你，你不能這樣。不管怎樣，你怎麼可以在學校把我扣上手銬……我絕對不會忘了這件事。」

姜督察看著這兩人，突然覺得心寒，轉過頭去繼續開車。他點上一根菸，煙圈往後飄時，李江碩和李江福同時咳嗽。對於不抽菸的他們而言，一則香菸的煙霧嗆人，二則也是對於在霧津靈光第一教會長老面前抽菸的抗議。

「我就長話短說了。我不會再說第二次，仔細聽好。」

姜督察的聲音非常低沉，卻頗具威嚴。李江碩和李江福止住誇張的咳嗽聲，專注傾聽。

「今天霧津檢察廳已經鬧得沸沸揚揚了。我沒押解你們到案，萬一有個意外，不僅我自身難保，連上頭的檢察官都有事。霧津市也已經鬧得天翻地覆了。好，仔細聽著。朴律師是個好人，霧津也找不到像他這樣的人才。可是他正準備競選市長，這樣會有什麼問題呢？他怎麼可能不在意輿論？他可是要競選市長的。那麼該怎麼做呢？現在打電話給朴律師，什麼都別說，只請他找一個剛離開法官工作轉任律師的人，還沒開始接案的更好。雖然很惋惜，覺得很冤枉，這些爭辯之後到教會去跟天父說吧！現在不管誰說什麼，就算我用可怕的臉孔說我知道你們這些傢伙做了什麼，就算是這樣也要閉上嘴巴，像你們侵犯過的那些孩子一樣變成聾子，乖乖地閉上嘴。兩位開口的時候，只有一個，去找剛離開法官工作，出來當律師的人。找找霧津高中或是大學，找不到的話，看看有沒有霧津國小的人，還要動用親戚的人脈，一定要找到剛剛脫下法官長袍的人！只有這個時候才能開口。好了，蜂群要一擁而上了。閉上嘴巴吧！如果這件事順利解決，記得要對天父十一奉獻，還有也要對我這個姜某某十一奉獻。」

58

警察局前已經擠滿了記者在等待他們。

姜督察在他們之中看見了徐幼真。在蜂擁而上的記者當中，幾乎看不見個子嬌小的徐幼真，然而不曉得為什麼姜督察一眼就認出了。姜督察頓時想起調查她背景的記憶。

她的前夫目前是個政治人物，雖然不是一個國會議員，但卻是大家都認識的權威人士身邊的人。真令人驚訝！她現在住的房子和環境卻很糟。前夫也不對生病的小女兒伸出援手。該不會是徐幼真有了婚外情吧，可是又沒有什麼證據。不過世界上就是有這種沒責任感的父親，自己的父親就是這樣的人。她長得並不醜，又在首爾上過大學，這樣的女人怎麼會過著窮困的生活？

姜督察下車，假裝要幫這兩位兄弟，以幾天前彼此都想像不到的傲慢態度，靠在兩位兄弟耳邊說：

「頭不要低下來，也不要用夾克遮臉。告訴自己我很冤枉，這一定有陰謀，我是受害者，正義的警察和檢察官一定會查個水落石出釐清真相。要這樣不斷地告訴自己，堂堂正正地抬頭挺胸露出微笑。這很難做到，但是要盡全力。知道了嗎？」

兩兄弟以畏懼的表情朝著姜督察點點頭。姜督察早就料到，十年河東十年河西，世界不像童話般簡單。現在他們像小孩一樣貼著他的褲腳，然而等到這個季節結束，就像之前的日子一樣，他們會在他面前搖晃著支票，驕傲得不可一世。一定要藉此機會，讓他們深刻領悟到自己是他們的恩人。這輩子已沒有機會成為家財萬貫的人。不，幾乎沒有同等的機會。這就是現實。

59

記者推擠到眼前，接連不斷發問，校長兄弟的臉孔就像白紙一樣慘白。就像在車上說的，不管問什麼，都不回答。他們繼承父母的遺產，一輩子可以過著像小王國的王子般優渥，姜督察打從心底輕視這種人。他住在從霧津往內陸開一個半小時，連巴士都不會抵達的山谷，還想繼續念書，可是只會被酒鬼父親用棍子毒打，像自己這樣的人，對於人生的敬畏和恐懼，他們根本不會了解。對這種人而言，人生就像熟透的西瓜，只要輕輕一碰就會裂開，流出香甜的汁液，掉落美味的果肉。因此姜督察不想給他們忠告：「這是我的經驗，只要再忍耐一下，大家就會忘記所有事。先爭取時間吧！」對小公子說這些話，把事情搞砸的機率太高了。之後再說也不遲。

相機的閃光燈此起彼落。兩兄弟根據姜督察的指示不發一語。也沒有用夾克遮住臉。有別於校長李江碩的沉著，行政室長李江福幾乎快要暈倒了，臉色慘白發抖。

「一個小時後請來我們中心。」

姜督察回過頭看，是徐幼真。對他而言這根本就是突擊。姜督察正在思考這名女子接近究竟有什麼意圖時，她接著說：

「有記者會。沒有調查意願、無能的警察，至少要來抄寫一些我們調查的東西吧！」

徐幼真的臉上散發出像天空般藍色的光芒。姜督察第一次遇到這種事，有些不知所措。她以緊繃的表情說道：

「你們這些警察，是比那些人更惡劣的傢伙。」

60

「我是十年前從慈愛學校畢業的。昨天看了節目後，想將我十年以來深埋在心中，不願意告訴任何人的故事說出來。我住在慈愛學校宿舍時，有一次被叫到行政室長室，遭到李江福性侵，之後他就更常性侵我。之後我出了社會，有了未婚夫，他還叫我出來，說如果不聽他的話，就要把事實告訴我的未婚夫，威脅我，強制我發生性關係。幾天前看了節目，才知道受害者不是只有我，因此向丈夫坦白了。就算丈夫無法原諒我，就算我被丈夫拋棄，我也要揭露禽獸不如的行政室長。一定要嚴懲他。」

「我五年前以約聘老師的身分到慈愛學校教書，這是我的第一份教職，我想只要忍耐一陣子就會領到正職老師的聘書；加上教育身障兒童的成就感，因此就算是約聘教師，還是懷著不安的心情強忍了下來。校長李江碩有一天叫我過去，拿了一片奇怪的光碟給我，叫我複製。打開來看，是粗俗下流的色情片。之後就不時要幫他做這件事，偶爾還得缺課複製新的色情光碟拿去給他。我經常陷入自責自問，自己到底是怎麼討生活的，為什麼要在這裡做這些事。現在所有事情已經公諸於世了，我終於鬆了一口氣。為了這些孩子和我，希望能懲罰他們的行為，讓學院成為可憐孩子能真正學習的地方。謝謝。」

「我的朋友經常在上課時間被叫出去，我在宿舍裡面睡一睡醒來也常發現她不在床上。那個同學總是哽咽著，我問她怎麼了，她就感嘆地說：『太丟臉了，我說不出口。這個世界太可怕太討厭了。我為什麼生為聾子，為什麼父母把我丟在這裡，也不來看我。下輩子我想誕生成為好父母的健康女兒。』我的朋友有幾天不吃不喝，也不睡，只是癡癡望著窗外。有一天晚上行政室長叫她去。我有了不祥的預感，阻止她去，她看著我說，如果自己發生了什麼事，可以拿走我一直很想要的髮夾，之後就離開了。朋友再也沒回來。那天晚上霧好濃，她墜落到操場盡頭的峭壁下，被人發現時已經氣絕身亡了。為什麼行政室長叫出去的學生會墜崖死亡呢？為什麼警察從不問我呢？請為了我可憐朋友的冤魂進行調查吧！我至今仍然保存著她的髮夾。」

節目播出後的反應比想像中還要熱烈，各地的證言如雪片般飛來。媒體連續幾天報導，嫌犯李氏兄弟和朴某接受刑罰看似必然的。現在，得到公庫全額補助的福利法人和學校法人經營團隊和理事會將會解聘，等政府派出新的理事會成員後，一切就能步入正常化程序。

61

崔秀熙獎學官和丈夫一起坐在霧津靈光第一教會參加十點的禮拜。負責的牧師目前前往北韓延邊傳教，暫時由他的兒子主持禮拜。這個兒子是個年輕俊秀的牧師，不過今天的臉色顯然很沉痛。不曉得是不是剛從美國回來，他說話時經常夾雜著英文，除了這一個小缺點以外，還算是個不錯的牧師。他開口說：

「我們的會眾中有兩位現在處於極大的痛苦中，我們不時想到他們。」

會眾之間頓時湧上一股緊張的氣氛。

「當然不只有他們兩位，他們的家人，還有我們的會眾，所有人都陷入痛苦之中。昨天我看完節目後感受到從未有過的煩悶痛苦，當然還比不上忍受著悲傷來參加主日禮拜的他們家人。」

年輕牧師的聲音果斷，聖堂裡一片靜默；這裡能同時容納三千人。會眾的心靈已經受傷了，不管哪一方是對的，他們的理性已經混亂了。這位天父的牧人，年輕牧師在禮拜時間單刀直入尚無定論的問題，分明是一種攻擊策略。勇敢地在主日禮拜時間公開提出決定該教會存亡的案件，本身就是一種宣戰。這是英勇的行為。

「根據節目所述，這兩位犯下的罪不僅是身為信仰基督的弟子，以及身為教職人員不該犯的罪，就算只是個平凡人也是不可饒恕的罪。雖然希望不是，這就要假設聽覺障礙兒童在說謊，然而這些孩子還有些許的智力障礙，倘若要編出如此厲害的謊言，很抱歉，冷靜地說，他們沒有這麼好的頭腦。這樣的話，我們教會兩位長老一輩子奉獻給身障人士，信仰基督的李江碩、李江福真的犯了這樣的罪嗎？他們真的做了嗎？我有了這樣的疑問。」

聖堂內靜悄悄的。有人的手機響了，平常此時會被「哈利路亞」或是「阿們」聲給淹沒，然而聲音實在太響亮了，那人快速關掉手機。

崔秀熙獎學官端坐著用心聽講，似乎對年輕牧師的一席話非常感興趣。

「我私底下很了解他們。如果叫我站上證人席，向上天發誓，我敢說他們絕對不是做出那種事，或是類似事件的人。站在你們面前的我也會這麼發誓，如果這樣的我變成偽善者，那就這樣吧！他們絕對不會做這種事！我想要對天發誓，但警方和檢察官已經開始偵辦了，我們除了等待別無他法。」

幾個頭腦比較好的人察覺年輕牧師說教的方向，快速大喊著「阿們」！大聖堂似乎這時才有了呼吸聲。年輕牧師微笑著環顧聖堂。

「到底發生什麼事了呢？我昨天晚上怎麼都睡不著，在主面前問道，主啊！請祢回答吧！」

會眾高喊著「阿們」。

「親愛的天父！到底是怎麼回事呢？怎麼有這種青天霹靂的事呢？我不懷疑他們，可是祢可以告訴我，為什麼給予他們試煉呢？我也不懷疑那些可憐年幼的學生。那麼，主啊！這到底是怎麼一回事呢？」

「阿們！」

「主不回答。我問了又問，問了又問。汗水徹夜像下雨般滴落，浸濕了我的衣服。我不斷問主。清晨來臨了。當主忽視我，讓我氣餒的瞬間，我得到答案。看見早報的那一刻，我知道天父給了我答案。」

「哈利路亞！」

霎時會眾舉起雙手歡呼。崔秀熙獎學官雙手環抱胸前注視著牧師。

「就是這份報紙！」

年輕的牧師晃動著一份報紙，然後開始念起來。

「昨天節目播放完畢後，將由以調查慈愛學院事件的霧津人權運動中心為主，籌組『慈愛學院對策委員會』。推派前霧津靈光第一教會牧師，現任『無教會的教會』的崔約翰牧師為委員長。崔約翰牧師是霧津長久以來民主化運動的代表人物。」

年輕的牧師環顧著信徒，沉默瞬間又降臨在他們身上，也有人發出輕促的嘆息聲。崔約翰牧師和年輕牧師的父親，是霧津靈光第一教會草創時期一起工作的伙伴，後者想讓自己的兒子世襲教會，引爆了反抗聲浪，崔約翰牧師無法忍受不睦，五年前離開了教會。當時有許多人也跟著離開，靈光第一教會迄今仍未治癒這次事件的傷口。

「當然我絕對不是要說毀謗崔牧師的話。他是一位非常偉大的人士，和父親一起開拓了這裡，從我還是個流鼻涕的小孩開始，就在他的祈禱下長大。因為這樣，如果由他出任那個委員會的委員長，舉發我們教會的兩位長老兄弟，更容易造成誤解。可是崔約翰牧師不知道嗎？我再次思考。如果是我的話，我自己會怎麼做呢？如果是我坐在那個位子去舉發他呢？我可以說我很了解他，如果是我絕對不會坐上那個位置。可是他卻這樣做了。」

會眾再次說「阿們」，可是聲音微弱了許多。

「好了，各位兄弟姊妹，除此之外，對策委員會還有許多奇奇怪怪的人。首先是那名約聘教師，他曾經是『全國教職員勞動組合』[1]的一員，在此事的前一個月突然從首爾來到這裡。他曾經參與『全國教職員勞動組合』，奇怪的是這段期間沒擔任教師工作，現在他突然出現在霧津，擔任該對策委員會的委員，就我所知，他目前是學校內激進的活動分子。這個部分也是疑點重重，任誰都會覺得奇怪。還有霧津人權運動中心，又是怎樣的單位呢？我還聽說，不是我們教會的長老崔秀熙獎學官要求的，而是人權運動中心要求解聘慈愛學院的理事長和各席理事，改由官派理事長代理。好，假設教育廳和市政府依他們的要求去做，誰會成為官方理事長呢？讓我們伸出兩隻手數一數霧津最夠資格出任的人士，現任慈愛學院的理事會成員就是最好的人選，我也忝為其中一人。你們可能會問：你們有領津貼嗎？有的，每出席一次就領十萬塊的車馬費。我們根本忙到沒有時間，真的，可是為了可憐的孩子，我們懷著奉獻之心而去。現在，他們要求解聘理事，學校將會被迫關閉。五十年前這所學校是簡陋的木板屋，這一家人犧牲了自己的家庭生活，只為了服務身障的孩子。很好，如果他們被判定犯了罪，那就要交出學校來，就算法律沒這麼規定也要交出來。如果靈光第一教會的長老對可憐的孩子做了這些事，連我也要痛心疾首地說，交

1 全國教職員勞動組合：前身為一九八七年成立的全國教師協議會，一九八九年在教職員勞動組成未合法化的狀態下成立了全國教職員勞動組合，創立時，總統盧泰愚視之為非法團體，政府對於教育公務員和私立教師組成勞動組合也視之為非法，解聘加入的成員。直到一九九九年六月才正式合法化。

出學校來吧！」

「哈利路亞！阿們！」

年輕牧師降低音調，溫和得接近喃喃自語。

「各位兄弟姊妹，兩位紳士被控的罪行實在太骯髒、太齷齪了。不是嗎？各位兄弟姊妹，是的，的確是！但他們最終也是人，也是男人，看到青春期胸部正在發育的孩子，就像大衛看見有夫之婦拔示巴一樣，陷入誘惑。我們不曉得那是撒旦的誘惑！可能是吧，那麼我們會說：長老，勇敢向前接受懲罰吧！然而這在我們眼前所見的，又似乎太過火了。太像廉價的色情片，走得太過頭了，就像蛇在伊甸園誘惑夏娃一樣，說出了誇張的謊言，謊言又延伸出一個又一個的謊言，變成了搞笑劇。我們至少要用常識來看待這個事件。至少要用常識！」

牧師的雄辯就像瀑布一樣傾瀉，能量像暴風雨一樣充沛，理論嚴謹，大聖殿化身為感動的熔爐。大家都準備好接受感動，敞開心胸，陶醉沉浸在他的言語之中。牧師就像聖靈降臨，就像主降臨一樣，連崔秀熙獎學官也不禁拿出面紙擦拭眼淚。

62

「各位敬愛的兄弟姊妹，我的侄子最近很熱中於新右派團體。有一次我問他那是什麼？他說，舅舅這是一個為了打造更健康社會的團體。因此我問，是嗎？可是為什麼要加一個『新』字呢？他笑著說我們以前什麼都不知道，一味地讚揚金泳三父子，真的很丟臉！是啊！在我父親的祈禱，我們全家族熱淚盈眶的祈禱下，這個孩子再次重生。他說他在當時是個行動主義者，學習了希特勒的煽動論。這是什麼？詢問之下他回答，這是希特勒當時欺騙國民的方法。舉例來說，如果他想將國民帶領到右邊，就會告訴民眾，你往前走一百公尺，一個人可以領到十噸黃金。聽到這話的人會想，就算蒐集了全世界的黃金，要怎麼分給一個人十噸黃金啊！第二個人會想，他不會平白無故說這些話，應該會有點東西吧。第三人想，可能會給一百公克吧！最後每個人都想，總之去看看吧！也就是說，謊言愈大，愈能取信於人。大家縱然不信，也會覺得應該有些什麼吧，這就是希特勒的煽動論，共產主義者的煽動論，撒旦的煽動論，騙子的煽動論！好，各位兄弟姊妹，再想想我說的話吧！我們的兩位長老，無法向在此地禮拜的我們開口，就讓人說做了那些事，被關在監獄內，指控他們的人要不是行動主義者，就是激進分子。親愛的兄弟姊妹，你們現在正站在十字路口，禮拜結束後，各位要回答霧津市民的問題。不用說謊。也不用像主受難那天晚上膽怯的彼得一樣，回答說我不認識這個人，要回答，該怎麼回答呢？」

大家一致回答。

「他們不是這種人。」

「是的，我們認識的他們絕對不是這種人，要回答連天父都知道。就算他們朝著我們辱罵，丟石頭，我們也不能變成受難夜的彼得。我們就像保羅使徒所說，只是將希望託付在耶穌身上活著罷了。耶穌是活著的希望，有了耶穌，我們就不會絕望。兩位夫人請加油，兩位給予的特別奉獻，對於主而言，那是兩位的眼淚，不，是在冷酷牢房內受苦的兩位長老的眼淚。各位！請給予傷心的這兩位夫人熱烈的掌聲。」

63

「那個女人又來了。」

用耳機聽線上英文會話時，金課長走進來說。崔秀熙獎學官知道他說的是徐幼真。她像平常一樣皺了皺眉頭，跟金課長做了個「現在不行」的手勢。然後她自言自語：

「不曉得她們這種女人為什麼要這樣生活。太過極端了，每件事都是負面的。如果能信主，得到救贖的話那該有多好。」

她搖搖頭。

64

透過媒體報導的事件衝擊逐漸沉寂時，靈光第一教會那位年輕牧師說的理論也得到許多支持。就常識和一般人的思考而言，這件事有太多不合理的部分了。難以啟齒的事情就在自己生活的都市內發生，用牧師的邏輯來想想，可以讓人心情舒坦一些。

65

真實的唯一缺點就是太懶惰了。真實總是驕傲永遠有自己的真實，赤裸裸地呈現出來，不做任何粉飾也不試圖說服。因此真實偶爾太令人突兀，太不合邏輯，也讓人不舒服。非真實的東西不斷地努力，掩飾矛盾之處，在它們忙著粉飾偽裝時，真實或許只是躺在那裡等著柿子掉進嘴巴裡面。這個世界上到處忽視真實，也許有一定的道理。

「你想想看，老師都在那裡，孩子至少也有長眼睛，怎麼可能發生這種事。不管怎麼說都是**教職人員**。應該是戲弄吧！青春期的孩子太過敏感了，才會想錯方向。唉呀！人嘛！而且還是這麼小的孩子……」

有人這樣說，人們就跟著點頭，想快點下結論說李江碩兄弟只不過是世界上愚蠢的男人之一罷了。

撼動著整個都市的騷動會像濃霧一樣，經過陽光照射後逸散無蹤，代之的是從海洋吹來的和風。人們的表情再次變得溫和，陽光逐漸溫暖，大家又淹沒在孩子的大學考試、醃過冬的泡菜和物價等瑣碎的生活片段之中。

66

此時姜仁浩收到行政室的傳喚。行政室內有個五十多歲的陌生男子正在數著鈔票，出乎意料，潤慈愛雙手抱胸坐在旁邊。打從姜仁浩進門開始，潤慈愛就露骨地瞪著他。

「數好錢之後在這裡簽名。」

陌生男子遞出錢和文件，姜仁浩接過，完全摸不著頭緒。文件上寫著「李江福歸還向姜仁浩借的五千萬元」幾個字。他驚訝地抬起頭來，陌生男子從鏡片後冷冷盯著他瞧。

「我們敬愛的校長想將自己個人的所有財務算清楚，由我代表出面處理。」

姜仁浩來到學校就任時，受迫強行繳納的「學校發展基金」，突然變成個人借貸，重新回到他手中。雖然市政府或教育廳完全看不出會採取行動，姜仁浩只能猜想就快要稽查了，因此學校開始事先因應。姜仁浩不禁微笑，收下錢後簽名。可以感受到潤慈愛唐突的視線依然停留在他耳後。他也知道最近回到學校的姸豆、琉璃和民秀等人，在宿舍經常被潤慈愛叫去，威脅他們接到傳票出庭時，不能對李氏兄弟做出不利的證詞。

他轉身準備離開，可是潤慈愛突然開口。

「一副人模人樣的，經歷可真是過人呢！」

他回頭看著她。

「居然在這個窮鄉僻壤的聾啞學校，遇見非法時期的全國教職員勞動組合的鬥士，哈！」

「全國教職員勞動組合？」

姜仁浩以不可置信的表情想要追問，潤慈愛瞪著他，不回答，又說：

「你是誰？誰派你來的？為什麼來到這裡？」

他無言，心裡想著有什麼話可以回擊。這時手機響了。

67

是妻子。姜仁浩不管潤慈愛，逕自走到走廊去接電話。話筒那邊的妻子默不作聲。姜仁浩原本就覺悟節目播出後會馬上接到妻子的來電，不過妻子沒打來，這一陣子她一直都沒打電話來。終於，妻子出聲了。

「世美的爸，我從來沒反對過你的事，對吧？我總是相信你，對吧？」

妻子似乎考慮了很久。他猜測她有什麼重大的事要說，此刻他其實不太想聽，因此只是應了聲「嗯」。兩人只分開一段時間，然而當中發生了太多的事情，他要如何說服妻子他做的事是對的呢？他也能想像得到，好不容易才拜託朋友找到工作機會的妻子，她的立場會有多麼為難，因此更是無法打電話給妻子，無法和她商量。現在，妻子對他而言就像移民到一個體制、語言、貨幣完全不同的遙遠國度裡的人。這樣一想，真的發生了太多事了，感覺像一輩子那麼長。時間似乎不是客觀的。

「我想過了，你最好盡快回到首爾。這不是代表那些人是對的，你是錯的。介紹你去工作的朋友打電話給我，真的快瘋了……」

妻子停了下來，吞了一口口水。

這時他才感覺這段期間妻子獨自承受的侮辱比想像中還要厲害。嫁錯了丈夫，她得獨自一人吞下所有的屈辱。如果她在身邊的話，真想緊緊擁著她。對於獨自忍耐、整理好情緒才打電話來的妻子，他感到感謝和抱歉；但隨即又體認到妻子身在遠方。他眺望著操場的盡頭，看見海鷗低低地飛過，尋找獵物。

「對，這些人都是壞人，你要做的是正確的事。這些孩子也很可憐，可是不要做。你不要做。我拜託你。老公。放手吧！回來吧！」

姜仁浩點上一根菸。澄淨的秋天傍晚。他吐出白色的煙圈，煙圈飄往延伸到海灣的乳白色蘆葦上，最後的一抹斜陽將雲彩染上淡粉紅色和紫色。如果將這風景全部留下，只讓人消失的話，這裡就是天堂了，他這麼想。純粹、簡單、美麗的天國。

「你就視而不見吧！為了我和世美。真的對那些孩子覺得很抱歉的話，還有很多辦法。就說你突然不舒服，其他的行李我去幫你收拾就可以了。」

「明天……要進行審判。」

姜仁浩想到他來這裡教書的前一個月，有一名女學生掉到操場盡頭的峭壁下死亡。然而，今天晚上是個溫和的秋天夜晚。沒有風，蘆葦也溫和搖擺著，似乎在擁抱最後的夕陽。蘆葦花就像少女剛洗好的髮絲。

「世美的爸，我拜託你，就這一次，視而不見吧……」

「……」

「你不是很愛我和世美嗎？一定很愛那些孩子吧！可是要更愛我跟世美才對。所以說……」

姜仁浩緊咬著嘴唇，緩緩地開口。

「世美的媽，妳聽著。我沒有那麼愛那些孩子。但這不是重點，問題是這事真的太離譜了，不應該發生的。我不能說走就走。不能這樣。真的，不能這樣。」

68

掛掉電話後，回到走廊上，姜仁浩遇見了妍豆。

妍豆牽著琉璃的手，笑兮兮地等著他，在他手上放了一個繫上蝴蝶結的信封。是信，綠豆大小的金色鈴鐺上繫了粉紅色的蝴蝶結裝飾。交出信之後，妍豆和琉璃就像青春期的女學生一樣呵呵笑著跑往走廊盡頭。

他回到教務室打開信。嗯，給我們的姜仁浩老師，信是這樣開頭的。

除了一般學校之外，來到聽覺障礙人士學校後，這是第一次寫信給老師。朴寶賢老師到警察局之後，我們度過了愉快的夜晚時光。當然潤慈愛老師當職的那一天除外。實際上，我不喜歡這裡的老師。該怎麼說呢？老師經常用一隻眼睛看著我們，用另一隻眼睛看著別的地方。

不曉得是不是因為我是聽不見聲音的孩子，我覺得說話的時候看著別人的眼睛非常重要。我還記得老師第一天來的時候給我們看的那首詩，還點了火柴。那一刻，我的心中似乎也有了明亮的光芒。在那之前我從不認為自己在很黑暗的地方，可是火點亮之後，才有種「啊！原來我站在黑暗之中」的感覺。您知道嗎？那天很奇怪，我能感覺到老師的兩隻眼睛專心注視著我們，所以才那麼容易說出民秀弟弟死去的事。

校長、行政室長和朴寶賢老師很快就要出庭了。我聽說老師也會出庭作證。徐幼真幹事打電話給媽媽，她說或許我們也要站上證人席。我相信老師為了我們一定會表現得很好，我們也會做得很好。我以前覺得大人全部是壞人，然而看到徐幼真幹事、姜仁浩老師，還有為了我們擔任對策委員會委員長的崔約翰牧師，我徹底反省了。我把世界想得太糟，真的很抱歉。

老師，今天隔壁床的琉璃已經睡了，我卻怎麼都睡不著。敞開的窗戶吹來的風好冷，我想要關窗，走到窗戶旁，看見遠處月光下的蘆葦閃閃發亮，風吹來時，隨風搖曳。我想起小時候從我耳朵旁溜走的風聲。聲音的記憶太不真切，不曉得對不對，所以才想跟老師說這個故事。

這個故事是我聽不見的故事。國小一年級的某一天，我非常不舒服，整晚都好難過。媽媽跟爸爸去老房子祭拜，鄰居的奶奶來照顧我，可是她從晚間開始就喝小米酒喝醉了，不管我怎麼哭都沒醒來。清晨媽媽回來了，在我的額頭上敷了冰毛巾，我才勉強入睡。睡醒後的早晨，奇怪的是家裡好安靜，太安靜了。很奇妙，就像潛到深水之中……燒還沒完全退，我的眼睛張不開，我還以為我睡得太晚，家人全部外出了，我叫媽媽。可是不管我怎麼叫，媽媽都不回答。

我很生氣地大叫媽媽，然後爬起來。坐起來的那一刻我才知道，家人就圍坐在我身邊的圓桌上吃飯，全部盯著我看。因為我的尖叫聲，大家的眼睛都睜得好大。

於是我才明白，家人將生病的我放在床上，他們就在我身邊吃飯。家人說了些什麼，至少我是這麼想的，因為他們的嘴巴開開闔闔的。我還小，心頭卻很淒涼，好像有什麼很糟的事，不該發生的事，不能發生的事發生了的感覺。我希望那是一個夢，趕快回到原位躺下。

家人近在咫尺，可是我一閉上眼睛他們就完全消失了，好像我一個人待在空蕩蕩的房間。我好害怕，張開眼睛看，他們還在我身邊。閉上眼睛就消失，睜開眼睛就在旁邊。媽媽搖搖我跟我說些什麼，好像叫我吃飯。我不能看媽媽的臉。媽媽的臉上堆滿了笑容。如果媽媽知道事實，那麼我就真的聽不見聲音了。我蓋上棉被，假裝發脾氣。

在醫院進進出出，吃了各種昂貴的藥，可是已經太遲了。我在國小入學前就備受稱讚，說我很會寫字讀書，也很會唱歌，什麼都很厲害。老師，我從那個時候開始就像進入水底世界一樣，所有人就像金魚，看著大家張開嘴巴，我只能被驅趕到孤獨內。看到歌唱得沒我好的人，站在講台前唱歌，我的心就糾結在一起。

從某一天開始，我就不吃飯，也不去學校，只是拚命哭泣。

我當時很小，但卻很想死。媽媽跟著我用文字跟我對話。她說再等一等吧！長大了變成大人之後就會聽得見了，所以要多吃一點飯，長高一點。我信了。為了快點長大，我真的很努力吃飯。過了一天、兩天，過了一年、兩年，我還是聽不見。可是我仍然耐心等待著。又過了三年、四年，我還是聽不見。有一天，我把房間裡面的東西全部拿起來扔，對著母親高聲喊叫，為什麼？我已經長這麼大了，已經長大了，為什麼還聽不見。媽媽說對不起，抱著我一起痛哭流涕，雖然她被我扔出的筆記本跟書打到了……

老師，我是個壞孩子吧？媽媽的心有多痛呢？

老師，可是我最近真的很幸福。如果宿舍的晚餐能再好一點就好了，不過沒關係。學校變好了，學生的眼睛也似乎有了光彩。琉璃到了晚上也能入睡了。之前有許多夜晚她沒辦法睡，因為她害怕，怕朴寶賢老師會在晚上叫醒她，把她帶走。有一次我把手腕和琉璃的手腕綁在一起睡，因為晚上朴寶賢老師進來把琉璃帶走時，就算琉璃尖叫，睡著的我們也聽不見；可是早上起來時，發現繩子被切斷了。之後我們就對這件事隻字不提。跟幾位老師提過，結果只換來輕視與責備。不過那是在老師來之前，民秀弟弟死去之前。

我們要趕快去審判的地方，看偉大的檢察官和法官教訓那些欺負我們的壞蛋。我想看他們受到懲罰，說他們不會再這樣做了，真心地反省。

老師，還有一個祕密，有一天琉璃告訴我，說她喜歡姜仁浩老師。為什麼呢？老師還記得嗎？之前在人權運動中心時，琉璃拍攝完陳述內容後，太累睡著了，那時老師背了琉璃吧！實際上那時候琉璃突然醒了過來，她覺得好丟臉想告訴您要下來，可是老師的背好溫暖，好舒服，所以才假裝睡著。琉璃說自己很胖——實際上她只是個小不點——說讓老師這麼累真的很抱歉。琉璃還說，如果老師是自己的爸爸那該有多好。老師，琉璃說我絕對不能告訴別人，所以一定要保守祕密。

老師，謝謝您來到我身邊。潤慈愛老師和可怕的學姊將我的手放入洗衣機內威脅時，真的很感謝老師救了我。也很感謝您相信我在手掌上寫下的東西，幫我叫媽媽來。老師，我不知道我們長大後能不能變成偉大的人物，不過教師節時一定會去找老師，獻上一朵康乃馨。老師，拿這封信給您之後，我實在太害羞了，明天還有臉面對您嗎？今晚睡覺前我會向上天祈求，希望我爸爸早日康復，壞人受到處罰，還有，姜仁浩老師、徐幼真幹事、崔約翰牧師全部都能幸福。老師，晚安。

69

初次開庭的這一天，霧津的天氣晴朗。霧津地方法院前的人行道旁，掛著媒體旗幟的眾多車輛排成一列。法院前的十字路口，以「慈愛學院校友會」為名的團體召開記者會，訴求主題是「譴責持續隱匿性侵的慈愛學院，支持受害學弟妹和有良心老師繼續奮鬥」。法院正門前響起高唱讚美詩的聲音，徐幼真猜想是霧津靈光第一教會的信徒。

徐幼真一大早就和崔約翰牧師一同出發到法院。

崔牧師是六十多歲的霧津本地人，在擔任對策委員會的委員長之前，他在進步陣營當中並不是個受歡迎的人。霧津市在七〇、八〇年代扮演對抗獨裁的民主化運動的聖地時，他是個會隨時提出穩健意見的知名人士。戴著圓框眼鏡的崔牧師總是溫和地微笑。

「你做了好夢嗎，牧師？」

到法院的一路上，崔牧師一直是若有所思的模樣。他開口說：

「徐幹事，檢方一直自信滿滿法官會做出有罪判決嗎？」

有罪判決，這是理所當然的結論，她開始思考崔牧師這句話背後的含意。實際上，她只見過檢察官一兩次而已。對方總是面無表情，有一點點不耐煩，然而他看似冷靜地掌握案件的樣子，她也就放心了。

「是的，被害人受害的事實明確，陳述相當一致，再加上還有證人……」

徐幼真凝視著崔牧師。他點點頭，不發一語。她的內心突然閃過一絲恐懼。在她還沒確認這情緒之前，崔牧師開口說：

「是啊，我本來也是這麼想，直到我看到辯護方指定的辯護律師。這位辯護律師我很清楚，是小我幾屆的霧津高中學弟，在高中經常拿第一名。好像是以第二名考進國立首爾大學的法律學院。從國小開始，他就是霧津很有名的秀才。我知道他先前還在高等法院當法官，現在已經脫下法官袍了。他喜歡這種高知名度的案件。」

「所以你認為他會享有前官禮遇[2]？可是，他不可能離譜到認為犯罪的人可以判無罪吧！不會吧？」

徐幼真非常嚴肅地問道，崔牧師看著她的臉，笑了起來。

「應該不會這樣。當然不完全如此，但是他的背景還是會列入考量，這是法院的慣例。不過也要記得，大家都是學識豐富有良知的人，還是我們國家最頂尖的菁英。總之，這些想法擺心裡就好。」

沒有時間仔細思考，車子一開到法院前，記者就蜂擁而上。當崔約翰牧師回答記者的問題時，徐幼真稍微退後一些，在推擠當中，她覺得耳朵被人吐了一口口水，溫熱污濁，讓人起雞皮疙瘩。她嚇得回頭看，一名五十多歲濃妝豔抹的女子怒視著她。這真是出乎意料的事。

「妳這個賤貨，原來妳就是那個女人。我倒要看看妳長什麼德性，妳這個魔女！妳想吞掉我的丈夫，居然用這種污名陷害他。妳沒有老公，很久沒做了，所以才發瘋。妳還以為除了妳之外，所有人都做這種嗎？妳這個臭女人，我要帶著我們主耶穌，把妳這個魔鬼趕到地獄裡面，把妳碎屍萬段，妳這個臭女人，這個撒旦！」

晴朗的春日，開車出門，微風陣陣吹拂，突然間四面八方的路全部斷了，一切在瞬間瓦解。就是這種感覺。沒有預告，沒有徵兆，沒有前例，清晨來臨之後立刻變成晚上，污水從天空傾倒而下，沒有比這個更骯髒、更令人毛骨悚然的事了。

徐幼真在原地目瞪口呆，出生後從沒聽過的赤裸裸的野蠻聲音，恐懼讓她站在原地連小小的尖叫聲都發不出來。唱讚美詩的聲音，口號聲，汽車的喇叭聲和相機的閃光燈咔嚓聲，全都愈來愈遙遠，她似乎和眼前濃妝的女子單獨站立在白色的寂靜空間內。之後她才了解這段際遇的意義。在這一瞬間，徐幼真切身體會到像小鳥般輕巧的孩子經歷赤裸野蠻的恐懼。

70

破口大罵的女子離開後，徐幼真依然站在原地，胸口撲通撲通地狂跳，手指微微顫抖著。崔牧師接受採訪完畢，她跟在牧師身後，又回頭看，剛才對自己口出惡言的女子現在走入一群人當中，鮮紅的嘴唇頻頻念著天父。之後才知道，那是行政室長李江福的妻子。就算那女子剛才抓住徐幼真的頭髮，她可能連反抗都沒有辦法，只能瞠目結舌站在原地。這不是因為力量，而是實在太措手不及了。徐幼真仍然用恐懼的眼神看著她。行政室長夫人和一群人雙手緊握祈禱著。她穿著淺綠色套裝，戴著珍珠項鍊，搭配鬈髮髮型，看起來很優雅。如果不是剛發生的事，徐幼真會以為這名女子是個有教養五十多歲的普通女人，甚至因為她丈夫受審出庭，同樣身為女人，或許會用憐憫的眼光看待她。祈禱結束後，一名身穿黑色西裝的男子拍拍她的肩，說一些鼓勵的話，這名女子甚至用手摀住嘴巴，抬起頭來柔弱地笑了。

人類到底為什麼如此愚蠢？為什麼如此墮落。這位女子真的相信丈夫是清白的嗎？所

2 前官禮遇：韓國法院的潛規則。對於轉職的法官和檢察官，在轉任律師開業後，第一宗訴訟會給予有利判決的優待。

以才討厭提告的徐幼真？有可能。

徐幼真領悟到，即使如此，女子怒罵的內容依然蘊含著男尊女卑的封建性，結果成了縱容丈夫犯罪的共犯。儘管自己理性分析，還是感到相當恐懼。這是對於嘴角還沾著鮮血的猛獸最根源的害怕。

71

法官進來前，徐幼真仍然呆愣地坐著。法庭客滿了。雖然攝影師不能進來，記者和旁聽觀眾還是讓室內沸沸揚揚。

「可是法官是個不錯的人。我的意思是，他不是個保守固執的人。」

崔約翰牧師以為徐幼真如此失魂落魄，是因為擔心剛剛提到的辯護律師的履歷，因此用安慰的語氣低聲說。她真的發愣地看著裁判部的坐席，突然想像高坐在那裡的人究竟會有什麼感覺。他坐在那裡，在高約一公尺的地方，看著底下抬頭望著他的人，審判者的感覺如何呢？這個位置是不是給予他自己不同於底下人的半神半人的高度呢？

72

法庭內開始喧譁騷動。身穿淡綠色囚衣的三名被告進入法庭。旁聽席一邊傳出哭聲，另一邊傳出「去死」的叫罵聲。李江碩、李江福兄弟穿上一模一樣的衣服，難以區分誰是誰。徐幼真這才知道他們是雙胞胎。即使不穿囚服，那禿頭、略瘦微駝的身軀，一樣讓人分不出來。李江碩、李江福兄弟站定在被告席，側著頭，甚至還面帶微笑，認出後面旁聽席的許多熟人。朴寶賢板著臉站在旁邊，鬈髮和矮小的身材讓他相較之下看起來更憔悴。

「怎麼會有這麼多律師？」

徐幼真問崔約翰牧師。

「啊！我想那個人就是辯護方有名的黃大律師，旁邊是他的助理律師。再旁邊的是朴寶賢的辯護律師，我想他是沒有錢請律師，所以是法院指定的義務辯護律師。」

「一起被起訴，怎麼會用不同的律師？」

徐幼真很詫異，崔牧師這才了解她的純真，再次思考後，似乎又覺得她說得沒錯，點點頭回答：

「是啊！自己請了好律師，朴寶賢用義務辯護律師。這些人連一點道義都沒吧？」

崔約翰牧師無力地一笑。

73

「這幾天以來，我忍受著奇恥大辱，仔細思考為什麼我會遭遇這種苦難。在上帝和祖先面前，我回顧自己的人生。我父親栢山李俊範先生，可憐聽覺障礙人士，耗盡了私人財產成立慈愛學院，至今已經過了五十年，我們兄弟兩人，從流鼻涕的孩提時開始和學院一起成長。從小就沒忘記父親說聽覺障礙人士很可憐的這些話，今天在場的弟弟行政室長李江福也是一樣。如果說多為孩子們著想，想辦法讓孩子們吃得好，學得好，這樣的想法也是一種罪的話……」

審訊開始了。確認三名被告的身分後，由檢察官朗讀起訴書。校長李江碩首先站上證人席，從他舉手宣誓開始，聲音一直顫抖著。

此時背後傳來騷動聲，似乎是聾人那種變調不順暢的聲音。

「請幫我們翻譯。手語翻譯！」

聽著陳述的法官目光變得犀利，怒斥著。

「什麼？」

法警跑了過去，將高喊的聾人帶走。

「肅靜！再這樣就將逐出法庭，或是以藐視法庭罪逮捕。」

「我們要手語翻譯！」

旁聽的聾人開始四處喊起來。

「庭上，你這句話也要手譯，因為他們聽不懂。」

有人這樣說，旁聽席哄堂大笑。法官露出難為情的表情，然後立刻閉上嘴唇，瞪著旁聽席的方向。又有一名高喊的聾人被拖出去。檢察官和辯護律師雙方先是呆呆看著這幅景象，接著低著頭看手上的卷宗，記筆記。人群的騷動聲讓法庭亂哄哄。這時崔約翰牧師站起身。

「庭上，真的很抱歉，我是擔任慈愛學院對策委員會委員長的崔約翰牧師。這是聽覺障礙人士的判決，我想是需要翻譯的。既然朴寶賢被告的手譯員已經來了，雖然有點辛苦，可否請他為旁聽席來翻譯，應該不會太困難。庭上……」

崔約翰牧師說話時，眾人安靜地聽著，這似乎讓法官沒面子。

「崔約翰牧師，我命令你退庭。在這裡大家都要依照法定程序才能發言。」

崔約翰牧師愣愣地看著法官。

「庭上，聽覺障礙人士的審訊需要翻譯不是理所當然的事嗎？他們覺得這就像他們自己的事一樣，因為悲傷和憤怒才來到這裡。對於身障人士的照顧……」

法官高喊「肅靜」代替回答，崔約翰牧師被兩名法警帶了出去。

徐幼真再次仰望法官高坐的席位。蒼白矮小的法官板著臉拿著麥克風，環顧著聽眾。

「朴寶賢被告的手譯員是為裁判部翻譯的，不是為了旁聽席來的。被告繼續陳述，沒有翻譯。從現在開始只要有任何騷動，就會依法嚴懲。」

法官環顧著旁聽席。此時有名聾人起身，在法警跑過去的空檔發言。

「我們也是大韓民國的國民。我們也有旁觀審訊的權利。你叫我們安靜，可是我們聽不懂這句話，也**聽不到**，所以你不能抓我。不是這樣嗎？」

到處傳來嘻笑聲，還有人鼓掌，審訊才剛開始，法官就喊暫時休庭。記者拿著手機和筆記型電腦，開始採訪這場混亂。媒體記者肯定會為裁判部帶來麻煩。

在法院外的草地上，崔約翰牧師坐在角落的長椅，望著天空。他察覺徐幼真往這兒走來，立刻站起來迎著她。

「您剛才不是說法官不是個固執不通的人嗎？」

徐幼真開玩笑地說。

「當然不是啊！如果是個固執不通的人，早就用藐視法庭一罪治我了。」

崔牧師笑著，又說：

「真沒想到居然沒有手譯員，我才想說一說這些是常識。才剛開庭就這樣，感覺真是很差。」

徐幼真把頭髮往後甩，對牧師說：

「這個啊！牧師，所謂的常識……」

74

「本裁判部為了順利進行審訊，決定臨時安排手譯員。」法官宣布之後繼續開庭。

「被告請繼續。」

李江碩再次起身。

「這幾天以來，我忍受著奇恥大辱，仔細思考為什麼我會遭遇這種苦難。在上天和祖先面前，我回顧自己的人生。我父親栢山李俊範先生——」

「對，他成立後已經過了五十年了，請從之後的話開始說。」

法庭內非常炎熱，法官露出疲憊不耐煩的表情。有些人失聲笑了出來，不過整個法庭都很安靜。旁聽眾人都看見了被說了一頓的李江碩肩膀縮成一團。

「是的，我知道了。我父親栢山李俊範先生可憐這些聽覺障礙人士，耗盡了私人財產成立慈愛學院，至今已經過了五十年，我們兄弟兩人，從流鼻涕的孩提時開始就和學院一起成長。」

法官不掩心中怒氣，只能低下頭，搔了搔頭髮。就像背誦九九乘法表的小孩一樣，從中間被切斷了就無法背誦，李江碩從頭再次說起。

「從小時候就沒忘記父親說聽覺障礙人士很可憐的這些話，今天在場的弟弟行政室長李江福也是一樣。如果說多為孩子們著想，想辦法讓孩子們吃得好，學得好，這樣的想法也是一種罪的話，如果這是罪的話，我願意接受懲罰。如果對餓肚子的孩子伸出手是性侵，撫摸孩子的頭是性暴力，那麼請懲罰我和我弟弟。這是對我們財團法人心生不滿的部分年輕左派教師，結合了想要吞掉我們財團的左翼運動勢力，對可憐的身障兒童洗腦，以遂行他們的權力欲望，這是寡廉鮮恥的事。我反而想要控告他們。尊敬的庭長，但我身為可憐孩子的精神上的父親，身為信奉耶穌的基督教徒，我不會用我的手懲罰他們。在我羈押的這幾天，突然想起一首詩，是我父親經常吟詠的詩。『啊！多情也是一種病，讓人無法成眠。只有上天了解我的清白！』」

霧津靈光第一教會信徒的坐席上傳來掌聲，法官的怒視讓他們立刻安靜了下來。李江碩陶醉在自己的話語之中，一副滿足的表情。徐幼真想，幸好今天姸豆、琉璃和民秀沒有來，雖然自己從來沒和李江碩兄弟或是朴寶賢這等人正面交手過，但也知道自己遇上這種場面會很無助。檢察官、辯護律師和法官一定也知道三個人都在說謊。

審訊的最後，李江碩、李江福和朴寶賢一概否認所有指控。在結束審訊之前，法官檢視了一些文件。

「我必須提醒三名被告，如果指控屬實，你們所犯的罪行真的很嚴重。然而要證明所有指控不是事實，其實相當困難。我要問一件事。校長室和行政室長室，距離教務室和行政室職員辦公室有多遠？被告李江福，請回答。」

李江碩和李江福同時轉頭看著辯護律師。黃大律師面無表情，不過他的助理律師臉上掩不住欣喜。

「校長室雖然有點偏僻，不過旁邊就是祕書室。我使用的行政室長室和行政室職員辦公室是連在一起的。」

「那麼，如果有人大叫的話應該聽得見吧？」

「是的，沒錯！」

法官短暫思考了一下，然後說：

「下次開庭是星期五下午。檢辯雙方請聲請傳喚證人。」

75

這天下午，徐幼真和崔約翰牧師來到霧津市教育廳拜訪崔秀熙獎學官。看見崔牧師，崔獎學官感覺不是很自在。倘若崔牧師沒那麼反其道而行，沒有不上教會，崔獎學官或許會邀請他主持女兒即將舉行的教堂婚禮。她上回已經拒絕過徐幼真的要求，但這次卻無法讓崔牧師直接吃閉門羹。崔牧師現在不如以往那麼有影響力，不過仍然是霧津讓人不可小看的一號人物。崔秀熙也覺得如果讓他留下壞印象，應該不是什麼好事。

崔秀熙手上拿著一杯綠茶，說道：

「我們已經調查過慈愛學院，沒發現什麼違規事項。我們發現學校聘請教師的廣告沒有登在網路上，已經發出改善命令。」

崔秀熙說話時故意不看徐幼真。

「這就是答案嗎？」

崔秀熙瞥了一眼徐幼真的方向，不知不覺皺起眉頭來，好像在說，為什麼這個女人總是具攻擊性，真不合她的品味。她知道徐幼真是個單親媽媽，心想，哪個男人敢跟這麼好鬥的女人生活在一起。她不回答徐幼真，直接向崔牧師說：

「這是目前為止我們覺得校方必須改進的事項。」

「崔獎學官，這像話嗎？校長和行政室長已經因為涉嫌對學生性暴力而收押了，妳還談什麼網頁？談什麼要他們改善？就這樣？」

崔秀熙像是聽到手指頭刮過黑板的聲音，皺著眉頭，不再掩飾輕蔑的神情。崔牧師出面說：

「崔獎學官，我先交給妳霧津五千兩百九十二名市民連署的請願書，之後還會有更多人參與連署。」

崔秀熙盯著崔牧師交付的文件。

「我們向市教育廳正式要求，請全面取消委託慈愛財團法人興辦的學校，改為興建公立學校設施。無論這次的判決如何，目前身障兒童的設施都不在公共機關的監督下。動用了四十億預算卻毫無監督，這個機構本身就是問題。就算這次的事件結束，以後還是會繼續發生類似的問題，唯一的解決方案就是興建公立學校。此外，我們也要求教育廳撤銷最早揭發性暴力一事的宋夏燮老師的解職令。」

崔秀熙嘴巴像嚼口香糖一樣地動著，慢條斯理地翻閱著請願書。然後像祈禱一樣稍稍閉上眼睛，之後望著崔牧師開口。

「崔牧師，我也是個養兒育女的人，如果法院判決他們有罪的話，我對這件事也會很憤怒。不過現在的我是以國家公僕的身分坐在您面前，要簡單地歸納每件事是很難的。首先，倘若取消委辦教育，現有的七十名學生要到哪裡接受教育？至於慈愛學院的社會福利法人之前我也說過，並不屬於我們的權責，是由霧津市政府福利課管轄的。最後，我們沒有成立公立特殊學校的預算，所以有困難。」

徐幼真想說些什麼，身體朝前的瞬間，崔牧師制止了她。

「是啊，公務員有一定的困難。我們對策委員會、霧津市政府，以及教育廳，如果能夠面對面共商大計，應該能想出什麼對策吧！所以我們才來拜訪妳，不是嗎？」

崔秀熙露出淡淡的笑容。

「是啊，說得太好了。我們教育廳最近因為慈愛學院的緣故，每天絞盡腦汁苦悶得很。我昨天晚上也沒睡好覺。牧師您了解吧，我體質是相當敏感的。」

崔秀熙說完，像個有教養的女人用手遮著嘴巴笑，崔牧師也跟著笑。

「相信我們，回去吧！霧津市政府會監督慈愛財團法人，一定會想辦法解決問題。我也會懇切地祈禱，牧師。」

崔秀熙說完最後一句話後互握雙手，暗示客人該離開了。

76

「牧師您不生氣嗎？」

推開教育廳的門走出來，徐幼真問道。

崔牧師沒在崔秀熙獎學官面前幫她說話，徐幼真有些疑惑，也無法理解。崔牧師笑了笑，眼角的皺紋在秋天的陽光下更加鮮明，看起來有點悲傷，也有點孤單衰老。

「自從我們致力讓國家民主化之後，我以為不會再有這種事了。我不生氣，該怎麼說呢？我認為如果是堅固的城牆，就算政權改變也不會有任何變化。就算耶穌再來，也會被釘在十字架上，那些人以耶穌之名又再次殺了耶穌。」

氣憤的徐幼真聽到這些出乎意料的話，閉上了嘴巴。

「法院判決結果出來後，或許會有改變。如果他們被宣判有罪，崔獎學官這些人就不可能脫身了。」

不遠處傳來嘈雜的聲音。慈愛學院的老師在教育廳前面舉行記者會，現在似乎已經開始了。攝影師和記者一擁而上，掛著的海報寫著：「我們聽不見他們的痛苦，我們才是真正的聽障人。」老師全部都穿著黑色西裝，包含遭到解僱的宋夏燮老師，一共十三位。姜仁浩走出來宣讀聲明書，他身旁有一名手語翻譯員。

「那裡總算有一點常識，牧師。」

徐幼真向崔牧師說，兩人同時微笑了起來。

「我們身為慈愛學院的老師，今天聚在這裡，對我們親愛的學生、尊敬的家長和霧津市民誠摯謝罪。這些像含苞待放的花朵的學生，長期以來慘遭禽獸不如的人蹂躪，我們卻聽不見。僱用教師後要求賄賂，上課時間要求老師去複製色情光碟，即使有如此屈辱的要求，我們卻沒開口抗議。身障的不是我們的孩子，是我們自己。我們老師關上耳朵閉上嘴巴，而聽不見說不出的學生被他們侮辱踐踏，這個學期還有兩人失去生命。當案件一個一個被揭發時，我們老師苦悶掙扎，無法成眠。身為老師，不，身為一個成人，為了不再羞愧，我們決定發出良心的聲音。對於這個事實，我們真心地向學生和家長謝罪。」

接著十三名老師在講台上對著聽眾深深彎腰鞠躬。聚集的家長和市民響起掌聲。有些人在哭泣。姜仁浩繼續宣讀。

「我們未來會聽該聽的，會說該說的。對於監督慈愛學院運作的教育廳和市政府，我們不會再保持沉默，對於慈愛學院理事會的作為也不再默不作聲，不再睜一隻眼閉一隻眼。在所有真相曝光之前，在老師成為良師、學生成為我們的責任之前，在犯人接受制裁之前，在學生可以安心睡覺、認真學習之前，我們真心允諾絕對會全力以赴，以授業和愛心教導學生，讓各位霧津好市民繳納稅金所運作的學院，成為孩子真正的學習場所。就在這一刻，我們誓言為沒錢、沒後台的身障學童繼續奮鬥。他們像破布讓人隨手扔棄，他們是暴力和性暴力的受害者，他們無法自由外出，他們受強制勞動卻連一塊錢都拿不到，這些接受非人道待遇像奴隸般生活的身障學子，為了他們，我們誓言戰鬥到底。」

抵達霧津以來，姜仁浩的臉上第一次充滿光彩。難道是此起彼落的相機閃光燈所帶來的錯覺嗎？還是晴朗的秋天陽光的緣故。穿著黑色西裝的姜仁浩，看起來就像年輕的祭司，也像抓住真理一角的修道僧。

姜督察站在最後面，冷眼旁觀這一切。

77

又是晴朗的一天。人們的表情就像天空一樣明亮，微風從海洋輕快地吹向陸地。姜仁浩驅車抵達霧津地方法院，將準備好的一塊餅乾遞給琉璃，琉璃吸吮著手指頭。他打開車子後門，讓妍豆、民秀先出來，然後抓住琉璃的手指頭，對她說：

「沒什麼好怕的。根據事實說就可以了。老師結束後會請妳吃好吃的東西，好嗎？不可以一直吸手指頭。妳看，這裡已經變紅了。」

琉璃抽回姜仁浩握住的手指頭，羞澀地笑了。

他半蹲地抱著琉璃，感覺到琉璃的胸口撲通撲通地跳著。妍豆像姊姊一樣握住琉璃的手。

記者的人數明顯比第一次開庭時少了許多，家長和市民的人數增加了。崔約翰牧師、徐幼真、姜仁浩、妍豆、琉璃和民秀坐在旁觀席的第一排位置。法官好像因為上次開庭時自己批判性的口氣被媒體大肆報導，今天看起來比較鎮定，一開始的提醒就用溫和的語氣。

「今天開庭包括審訊和證人交叉詰問。考量到證人非常敏感，請大家務必保持肅靜。本案有其令人傷神的微妙之處，再加上是青春期的學生，本席要求檢辯雙方詰問時務必小心使用詞句；倘若證人要求，隨時可以非公開審訊。手譯員，請向證人好好翻譯。」

姜仁浩心想，法官此番言語是否在強調上次庭審將三名旁聽者逐出法庭，是為了遵守法律，自己絕對沒有對身障人士抱持任何偏見。

李江碩和李江福依然面無表情。看見他們穿著囚衣出現時，妍豆和民秀的口中發出輕微的叫喊聲，似乎從沒想過他們會站在這樣的位置上。妍豆的眼眶頓時泛著淚光。當意識到姜老師的眼光時，妍豆擦乾眼淚，害羞一笑，然而這動作卻抹除不了她眼中憤怒和恐怖的痕跡。姜仁浩朝著妍豆用手語比加油，妍豆一臉堅決，也比著加油！

首先由辯護律師傳喚被告一方的證人出庭。第一位證人出乎意料是教務室坐在姜仁浩旁邊的朴慶哲老師。他穿著棕色西裝，表情從容地站上證人席，還不忘對李江碩和李江福點頭行禮。他怎麼能對在場的孩子這麼做？姜仁浩無法理解。

他舉手宣示後，黃大律師開始詰問。

「朴慶哲老師，你在慈愛學院工作多久了？」

「已經是第十一年了。」

「這段期間內，對於校長和行政室長應該有很深入的了解吧？」

「當然，不是說什麼都知道，然而就個性而言，兩位是非常好的人。」

李江碩和李江福的臉上泛起淡淡的笑容。看著手語翻譯的妍豆和琉璃則發出輕細的嘆息聲。檢察官起身。

「抗議，庭上，辯護方現在提出的問題和本案無關。」

法官點點頭，立刻請辯護律師注意。

「抗議成立。請辯護方針對案情發問。」

身材矮小、背部微駝的黃大律師聽到法官的話後，僵住了一下。他露出一輩子第一次遭受公開指責的表情，之後才恍然大悟，原來自己現在已經是被告的辯護律師了，眼中似乎還有一絲悔恨，彷彿了解自己不再是位法官了。這時刻稍縱即逝，接著他用冷靜的語氣問道：

「證人看過校長或行政室長過度撫摸學生，或是在上課途中將學生叫到校長室或行政室長室嗎？」

「沒有。」

朴老師簡潔地回答，通過手語翻譯後旁聽席後方傳來驚叫聲。上個月從峭壁跌落死亡的學生就是朴老師的學生。那名學生上課時經常被行政室長叫出去。她的朋友此刻就坐在旁聽席，聽了朴老師的證詞後發出尖叫聲。

法官的臉色凝重，他思考後說：

「手譯員，請確實翻譯本席的話。再有任何騷動，即刻逐出法庭。」

法官說話時，朴老師一動也不動地看著前方。

好長一段時間之後，姜仁浩懷疑，朴老師看的應該不是「前方」，而是他的內心。

黃大律師等騷亂平息後，乾咳一聲，再次沉著地詰問。

「如果有人被強押到校長室或行政室長室，同時尖叫出聲的話，應該會有很多人聽見吧？」

「當然。」

檢察官正想提出異議，辯護律師快速地說：「我問完了。」

妍豆的神情變得很僵硬。孩子以為來到法院，大家進行證人宣示後，會根據事實陳述，確認事實，真相就會被公諸於世。看著妍豆，姜仁浩發現自己也有這麼純真的想法。

「朴寶賢被告辯護律師，是否要詰問證人？」

法官詢問，穿著淺咖啡色西裝的朴寶賢義務辯護律師從座位上起身，搖著頭。

「不用了。前面的辯護律師已經問了我的問題。我沒有其他問題。」

姜仁浩想起稍早看見這位義務辯護律師在法院走廊的角落，手上拿著小型畫報打瞌睡的樣子。

檢察官起身走到朴老師面前。

「你剛剛說在學院工作了十一年，你不是師範大學畢業，為什麼會到慈愛學院工作呢？」

辯護律師從位置上起身。

「庭上，檢方提出的問題和本案無關。」

檢察官立刻反擊。

「不是這樣，這個學校的老師都有一些把柄，因此這些不好的事才會長期隱藏不見。庭上，或許這是該事件的核心。」

四十多歲的檢察官看起來冷靜直率，他透過銀框眼鏡看著法官這麼說。此時他的眼睛散發出蒸騰的熱氣。審訊中的第一次，姜仁浩、徐幼真和崔牧師的臉上露出安心的表情。是啊，沉默的卡特爾[3]，這是本案的核心。

法官環顧法庭，簡潔說道：「抗議駁回，請繼續。」

朴老師的臉色僵硬。他不再是那個以老練油條的表情換上拖鞋，問道：「姜老師還真是固執，我之前不是給你忠告了嗎？知道這些要做什麼？」那樣的他消失了，代之的是不管採取任何手段都要緊緊捧住自己鐵飯碗的人，他以可憐兮兮領月薪的教師身分站在證人席上，努力討好發薪水袋給自己的人。

「雖然是一般科系出身，可是之後也上了特殊教育研究所……」

「以這樣的經歷，在其他學校找工作應該會有點困難吧！當時是這樣，現在也一樣吧！」

「我……不太清楚。」

朴老師吞吞吐吐，檢察官接著問。

「你會手語嗎？不是簡單的打招呼，是可以和孩子對話的程度。」

朴老師的臉色頓時一陣青一陣白，沒有回答。

「我的詰問到此為止。」

看著手語翻譯詰問內容的妍豆欣喜地看著姜老師，老師也對妍豆笑了笑。

78

辯護律師傳喚的下一個證人，出乎意料的竟是婦產科醫生。就是上次性暴力諮詢所所

---

3 卡特爾：意指一種正式的共同串謀行為，能使一個競爭性市場變成一個壟斷市場。這裡藉以隱喻慈愛學院教師為了保有飯碗的共同沉默行為。

長帶琉璃去接受檢查的那位婦產科醫生，照理說應該會對被告不利。

辯護律師將一份文件遞交給法官。

「這是什麼？」

「這是婦產科醫生為遭到持續性暴力的陳琉璃小姐檢查的診斷書。」

辯護律師開始詰問。不曉得是不是本身肥胖的關係，婦產科醫生不時用手帕擦汗。她的金框眼鏡下緣也有汗水凝結。

「證人曾經診查過由霧津性暴力諮詢所所長帶過去的陳琉璃小姐嗎？」

「是的，沒錯。」

「診察結果有什麼看法嗎？」

「是的，就如同診斷書上寫的。外陰部發炎，處女膜破裂。在五點鐘方向發現三公分左右的裂傷，和性行為有可能無關，判定不是最近的性關係，是長期以來的裂傷，需要繼續觀察。」

「您長期以來擔任婦產科醫生，可說是霧津市婦產科界的元老。少女的處女膜只會因為性關係破裂嗎？」

僵硬的她聽到婦產科界的元老這句讚美，不再擦汗，露出了笑容。她的回答聽起來更有自信。

「不是這樣的。雖然情況不多見，然而騎腳踏車或是嚴重的自慰行為都可能導致處女膜損傷。」

旁聽席傳出微弱的嘆息。姜仁浩望著以驚愕茫然的目光看著婦產科醫生的琉璃。如果可以的話，他想把看著手語翻譯的琉璃的眼睛遮起來。

「證人身為霧津市婦產科界元老，應該檢查過許多遭受性暴力的病人。她們大概是什麼狀況呢？」

霧津市婦產科界的元老以頗具威嚴的姿態說：

「大致上是外陰部有嚴重裂傷，精神或肉體上非常痛苦，且因為羞恥的緣故幾乎失去理性。還有性暴力的情況，除了外陰部之外，其他身體部位也會有瘀青或傷口，很容易識別。」

「在本案中，陳琉璃小姐是否也經歷了痛苦，或是其他部位有瘀青或傷口？」

婦產科醫生陷入思考，然後開口說：

「沒有，所以我才很驚訝。她只是吃著餅乾。我是醫生，也身為女人，如果遭遇性暴力，怎麼會這樣……就我記憶所及，她身體沒有其他瘀青或是傷口。」

「我問完了。」

「該怎麼辦才好？霧津女高！」

徐幼真低著頭，以低沉的聲音向隔著琉璃的姜仁浩說。

「什麼意思？」

「那個醫生是霧津女高同學會的總務，教育廳的崔秀熙是會長。我居然沒想到。怎麼辦才好？」

徐幼真低聲說，咬著嘴唇。姜仁浩嘆了一口氣，以尷尬的表情望著她。

「不是霧津女高出身的醫生，在霧津總共有幾位呢？」

她想了一下噗哧笑了出來。

「沒有。如果有的話，也是霧津高中出身。我怎麼沒想到她是校友會的幹部呢，可惡！」

「接下來由朴寶賢被告辯護律師詰問。」

「不用了。我的問題已經被前面的辯護律師問完了。我沒有其他問題。」

義務辯護律師起身用相同的話簡單回答。

朴寶賢的頭無力地下垂。法官無法掩飾輕蔑的表情，看著檢察官說：

「檢方可進行證人交叉詰問。」

檢察官翻閱著文件，將其中一份遞交給法官。法官詢問：

「這是什麼？」

「這也是陳琉璃小姐的醫療診斷書。我提出的這一份是妳第一次填寫的，對吧？」

檢察官詰問證人，婦產科醫生再次擦著流汗的臉。法官親自詢問婦產科醫生。

「證人，妳開了兩張診斷書？」

婦產科醫生肩膀縮成一團。

「那個，那個……」

「請回答是或不是。就我看來，妳寫的這兩張診斷書，內容有點不太一樣。第一份診斷書，嗯，處女膜破裂，妳判斷近來沒有性關係，需要外陰部治療。辯護律師提出的是第二份……嗯，檢察官請詰問。」

法官正視著婦產科醫生，然後對檢察官說。婦產科醫生焦急地看著辯護律師。辯護律師不看她，只看著前方。

「首先，請妳解釋為什麼寫第二份診斷書，理由是什麼？」

婦產科醫生再次看著辯護律師，垂下眼簾思考。

「坦白說，我不知道這件案子是這麼……」

話還沒說完，檢察官就追問。

「妳的意思是，醫生的診斷會因為案件的大小有差別嗎？」

「這個……」

「第一份診斷書上判定**最近**沒有性關係，這樣的話，是暗示**之前**有性關係嗎？」

「……」

「庭上，我擔任檢察官十五年來，看過無數的診斷書，還是第一次看到這種診斷書。我問完了。」

「我也是……」

聽來法官也想跟檢察官一樣說自己有多年的經歷，可是卻突然閉上嘴，因為想到自己的年資比檢察官少。

法官想了想，接著說：

「的確是第一次見到。證人，妳真的是因為案情重大，才改變說詞嗎？」

婦產科醫生都快哭出來了。

「不是的，法官，我絕對不會這樣。我認為一張診斷書可以破壞一個人的家庭，意義重大。我身為醫生，也是一個人，經常陷入這樣的苦惱。如果是處女膜剛破裂時來，會特別容易診斷，陳琉璃的情況，處女膜破裂已經很久了。處女膜破裂很久，而現在她還是個年幼的學生，因此我認為年紀太小，性關係破裂的可能性極低。不是這樣嗎？現在才十五歲。怎麼有可能在五年前進行性關係呢？這太誇張……」

「我知道了，證人。」

此時辯護方的黃大律師再度站起來。

「證人剛才說遭受性暴力的女人，通常因為羞恥的緣故，幾乎失去理性。本案的被害人甚至還吃著餅乾，很奇怪吧！你知道被害人有智力障礙嗎？」

婦產科醫生點點頭。

「是的，之後性暴力諮詢所所長告訴我的。」

「請妳再回答一件事。以醫生的身分回答。這樣的孩子通常會有羞恥心嗎？」

旁聽席傳出陣陣驚叫和怒罵。姜仁浩直覺地將琉璃的臉埋在自己的胸口，不讓她看手語。琉璃將頭埋在姜仁浩的胸口，沒抬起頭來，啜泣的樣子。

79

「肅靜！肅靜！」

旁聽席突然傳出的騷動聲，讓婦產科醫生臉色發青，再次擦拭汗水。

「這個我不太清楚。我只能做和婦產科有關的診斷。」

「再問妳一件事。就算難以回答，也請根據事實作證。證人剛才說孩子很小，怎麼可能和成人男子發生性關係。假設可能的話，在女性非自發性同意下，成人男子要怎麼……

這有可能嗎？」

「庭上，我抗議。」

檢察官提出異議，法官點點頭。

「抗議成立。辯護律師請詰問下一個問題。」

黃大律師心情很不愉快地瞪著法官，然後說：「我問完了。」就走回座位上。

姜仁浩從口袋內取出手帕擦拭琉璃的臉。琉璃現在不看手譯員，把臉靠在他身上。他擔心下一個傳喚的證人會是琉璃或妍豆。他拍拍琉璃的肩膀，讓她鎮定下來。

「傳喚下一個證人。」

法官宣布，辯護律師再度起身。

「庭上，接下來傳喚的證人是受害人陳琉璃、金妍豆和全民秀。考量到他們可能會覺得羞恥，也為了顧及他們的隱私，我們請求非公開審訊。」

突如其來的提議，而且是由辯護律師提出，看來是個攻防襲擊。

法官覺得有道理，點點頭，看著檢察官。

檢察官要如何不同意辯護律師的提議呢？剛剛辯護律師那一番「這樣的孩子通常會有羞恥心嗎」的論點，引發旁聽席一陣混亂，倘若這回不同意，不就間接坐實了辯護方的論點了嗎？

「同意。」

檢察官只能這麼回答。

「旁聽席全部退席。」

庭務員喊著。這句話翻譯成手語後，琉璃還是不願意讓姜老師離開。

「不行，牧師。一定要阻止。你也知道，琉璃……真的好害怕。」

徐幼真對崔約翰牧師說。姜仁浩也說話了。

「如果琉璃只是個六歲的孩子你怎麼辦，牧師。就算孩子是十五歲了，但他們大部分的人生都在學校和宿舍裡度過，對於外面的世界根本什麼都不知道。我們不能將這些孩子留在陌生的地方，留在有禽獸的地方。」

崔牧師嘆了一口氣。

「那該怎麼辦呢？幸好琉璃不會說謊，我們就相信她可以吧！姜老師，跟妍豆說，好好照顧琉璃。民秀也是。」

姜仁浩向妍豆轉達崔牧師的話，可是連妍豆和民秀都露出驚恐的神情，畢竟孩子是生平第一次到法庭這樣的地方。姜仁浩將妍豆、琉璃和民秀聚集在一起，用手語比著。

——不要害怕。**老師沒有要走開。我們就在這道門外面。這幾位先生想知道真相，只要揭發真相，沒有人可以傷害你們，知道嗎？現在你們是真相的代表選手，就像國家代表隊一樣。知道嗎？**

庭務員高喊著要大家出去。姜仁浩將琉璃的雙手交給妍豆和民秀，緩緩步出法庭。三個孩子的六隻眼睛焦急地追隨著他。

崔牧師站在大廳的一扇窗邊，低著頭，似乎在祈禱。姜仁浩走到崔牧師身旁，聽見崔牧師說「阿們」，他的口中也真心地說出：阿們！

80

琉璃站上證人席。姸豆和民秀坐在寬敞的法庭一邊。另一邊坐著李江碩、李江福和朴寶賢。孩子們滿臉驚慌，只敢看著手譯員的手。被告和黃大律師不曉得說些什麼，臉上露出笑容。

法官詢問被告。

「被告，為了不讓證人覺得羞恥，法庭此刻已經淨空。現在看到這些孩子，你們是什麼心情呢？儘管你們在法庭上是對立的，但他們是你們的學生嗎？被告李江碩先開始說。」

校長李江碩摸了摸光禿禿的額頭，慢吞吞地起身。

「現在看，似乎慢慢想起這個學生的臉。我一直很想知道究竟是哪個學生說我做了壞事，原來是她。假日時不能回家的學生，我偶爾會給她錢買餅乾吃。我真的無法相信這個可憐的孩子會指控我們兄弟兩人這種污名。現在的人都沒血沒淚了嗎？」

「被告是說，你現在才對這個孩子有印象嗎？」

法官以不可思議的表情問道。

「現在仔細看，好像看過幾次……」

法官用手撐住下巴，一副沉思的模樣。站在證人席的琉璃眼神開始充滿不安。姸豆坐在對面，向琉璃比著手語。

——琉璃啊，沒關係，不要相信那些人的話。

法官再次說。

「被告李江福、朴寶賢，你們輪流說。」

李江福起身。

「就跟校長說的一樣。我現在想起這個孩子了。父母也是智力障礙人士，可憐的孩子。我在玄關遇見她時，會憐愛地摸摸她的頭。」

法官看著李江福，李江福真的以愛憐的眼光看著琉璃。琉璃收到李江福的視線，低著頭不曉得該怎麼辦。

「被告朴寶賢也是現在才想起這個孩子嗎？」

法官詢問。等手語翻譯完畢，朴寶賢觀察李江碩和李江福的臉色，接著開始比手語。

——**不是，這些孩子是我最親愛，也經常疼愛的孩子**。

看見朴寶賢比手語，民秀頓時跳起來開始比起激烈的手語。民秀的臉因憤怒漲紅，激動到都翻了眼白。手譯員因兩個聾人同時比手語，停下翻譯不知所措。琉璃的臉更蒼白。

「手譯員，叫那個男孩鎮定下來。」

手譯員走過去要民秀注意，然後回到位置上，法官長嘆了一口氣。

「現在由檢察官詰問。」

檢察官詢問。

「陳琉璃小姐，妳可以告訴我們，是哪一個人脫掉琉璃小姐的衣服，然後讓妳很痛呢？」

檢察官用小心翼翼的口氣慎重詢問。琉璃用手輪流指著校長李江碩、他的弟弟行政室長李江福，還有朴寶賢。

法官看著這幅景象，卻沒留意到三個人一致以可怕的氣勢瞪著琉璃的樣子。琉璃蒼白的臉變得更僵硬。

檢察官指著李江碩問。

「做了幾次？」

畏懼的琉璃連手譯員的手語都難以理解，來回比了幾次，最後才回答，**很多**。

檢察官這次指著李江福問了相同的問題。琉璃猶豫了一下回答。

——**很多次**。

檢察官仔細衡量，再次用手指著朴寶賢。琉璃回答。

——**非常，非常多**。

檢察官轉向法官說：

「我的詢問到此為止。」

接著黃大律師站起來。琉璃現在除了看手譯員，還焦急地看著姸豆的臉。

81

「真是太不像話了，牧師。怎麼會讓孩子跟加害者面對面，把我們趕出來呢？檢察官到底在想什麼？我現在知道了，檢察官也是男人。就算是像我這樣一個成人，要和對我施加性暴力的人面對面，那感覺也彷彿墮入地獄一樣。倘若檢察官是女的話，她一定會想辦法阻止。」

徐幼真在霧津地方法院大廳對著崔牧師、姜仁浩憤怒地說，但又戛然而止。她突然了解這不僅僅是女人和男人的問題。她想起了崔秀熙獎學官。和崔秀熙的厚臉皮比起來，這位男檢察官可能要好上幾十倍。

此時庭務員來到大廳，大聲呼喊。

「陳琉璃證人的監護人，在哪裡？」

三個人同時回應，跟隨著庭務員進入法庭內。

「陳琉璃小姐突然發作，法官宣布暫時休庭。要叫救護車嗎？」

姜仁浩跑向琉璃，徐幼真緊跟在後。琉璃將臉埋在妍豆的胸口，就像不小心飛進窗戶的小鳥一樣顫抖著，不管姜仁浩怎麼安慰，都不願意抬起頭來。妍豆望著姜仁浩，眼睛含著淚水。

——辯護律師說琉璃說謊。問我們是誰教我們說這些謊。老師，我們想回宿舍了。你不是說在這裡說真話會有人聽嗎？可是不是這樣的。說謊的不是我們，是那些老師，可是都沒有人出面阻止。這裡跟慈愛學院一模一樣。

姜仁浩先讓孩子們鎮靜下來，讓琉璃不再顫抖，然後伸手要抱不想和妍豆分開的琉璃，琉璃稍微反抗一下，就轉身窩進他懷裡。沒辦法對琉璃比手語，於是他拍著琉璃的背，低聲說：

「沒關係，很累吧？妳做得很棒。現在，我們再也不會讓他們這樣對妳了。琉璃啊，琉璃……」

姜仁浩拍著琉璃的背，想起妍豆的信：琉璃還說如果老師是自己的爸爸那該有多好。

這一剎那姜仁浩想起琉璃家那非常生疏的地址。想起這孩子的父母一次也沒來探望她，放假時其他學生都回家去了，只有她一個人待在空洞寒冷的宿舍，望著窗外，想著懷念的家人。他也想到了一個老師就這樣進來，擁抱她，那一瞬間，在這個禽獸不如的傢伙脫掉孩子的衣服之前，或許琉璃也曾這麼想：如果這個人是我爸爸那該多好……

82

姜仁浩在霎時感受到自己體內湧上了熱騰騰的東西。是憤怒，不僅僅是憤怒而已；是這次判決一定要贏的決心，然而又不僅僅只是這些；是對孩子所經歷的命運的憐憫，但又不僅止於此。這些孩子的痛苦和悲傷背後隱藏了一個龐大的世界。黑暗的世界，恐怖的世界，偽善可憎和暴力的世界。他了解自己和孩子已經融合為一，他們是命運共同體，自己不再是毫無價值。他領悟到，為了賺錢被放逐到霧津的他，自我內在已經發出了某種光芒，溫暖又明亮。這道光似乎讓他的存在變得更有尊嚴，好像在說你不是來尋找食物的禽獸。他抱著琉璃，抓住妍豆的手，直視她的雙眼。

——妍豆，現在輪到妳了。**老師坦白地說，這是個艱辛的戰鬥。為了守護真相，妳必須要奮鬥，必須站起來發揮力量。如果我們覺得真相沒有價值，我們就真的會失去力量。妍豆啊！妳要有勇氣，為了真相，為了琉璃……妳一定做得到。**

妍豆低頭淚流滿面，姜仁浩在她身上看不到自信的影子。

83

崔牧師去和檢察官相談，走回來時臉上滿是喜悅之色。

「孩子們，從現在開始，你們作證時，我們都會在一旁守護，你們不會再孤單無助了。琉璃現在不需要再作證了，妳做得很棒。」

姸豆這時表情豁然開朗。

姜仁浩轉頭去看姸豆視線停留的地方，一個快要暈倒、臉色憔悴的男子和姸豆的母親一起走了過來。

「已經決定手術日期了，昨天本來要去首爾，可是孩子的爸說要見姸豆一面再去，所以我們就來了。老師。」

姸豆的母親說。姸豆的父親對姜仁浩、崔牧師行禮，輕輕地抱住姸豆。姸豆的父親一句話都說不出來，閉著眼睛發抖。

姜仁浩想起世美。倘若世美站在和姸豆相同的位置，而自己被判定得到癌症，因病失去了工作，妻子也逐漸衰老，如果是這樣，在自己嚥下最後一口氣之前也會來這裡。來這裡握著女兒的手，展現出無限的愛意和支持。姜仁浩瞬間覺得初次見面的姸豆父親不像外人，他能感受姸豆父親經歷的痛楚，並以全天下父親之名安慰他。

84

再次開庭的審訊中，妍豆並沒有辜負父親、母親、崔牧師和徐幼真的期待。用手語有條有理正確地敘述校長在女生廁所非禮自己的事，並回答目擊琉璃遭受性暴力的過程。她作證時，慈愛學院畢業的兩名聾人失聲哭了出來，被趕到法庭外。更多人用雙手摀住嘴巴，試圖掩住失控的叫聲。

聽著妍豆的證詞，法官的臉色愈來愈嚴肅。

檢察官的審訊結束後，黃大律師起身。他怒視著妍豆一邊走近。妍豆的視線看著父親和母親。妍豆父親凹陷的臉上帶著微笑，緊握拳頭。妍豆雙唇緊閉，顯示她決心已定。黃大律師走近了妍豆，妍豆正眼看著他，雙眼就像星星般閃亮。已經聽過黃大律師華麗話術的旁聽席此刻一片安靜。

「金妍豆小姐，妳作證說，是校長將妍豆小姐帶到廁所去的，對嗎？」

——是的，沒錯。

「證人平時和校長很熟嗎？」

——沒有。校長只有偶爾在家長來訪的時候會來我們班，我只從遠處看過他而已。」

黃大律師原本毫無表情的面孔此時微露喜色。

「是這樣啊！那麼妳怎麼知道他就是校長呢？」

妍豆以訝異的表情歪著頭，然後回答。

——他看到我時是從校長室走出來的，還把我帶到校長室。

「原來如此。那麼妍豆小姐，那個人現在在這裡嗎？」

手譯員一比完黃大律師的話，妍豆馬上點頭。

「這樣啊！妍豆小姐，那個人在那裡？是兩個當中的哪一個？」

妍豆望著兩名被告李江碩和李江福。大家的視線也看著他們，同時了解他們是雙胞胎，穿著相同囚衣的羈押被告。在學校因為穿著的緣故，還能區分，然而在這裡根本就不可能。

妍豆的臉色刷白，旁聽者也有不少人臉色慘白。

「抗議！庭上，讓證人確認已遭起訴者的身分，實在毫無意義。」

檢察官出面抗議，黃大律師則提高聲量回應。

「本人不同意。這是關鍵要點。根據證人的陳述，說被告是校長只因為被告從校長室走出來，然後將證人帶進校長室。這有可能是和校長長得一模一樣的被告李江福犯下的罪。兩個人當中的一個人有可能是無辜的。」

旁聽席開始喧騰，沒人料想得到的突擊手法。如果不是人稱霧津秀才的黃大律師，還有誰能想到這樣的事。

「抗議駁回。辯護律師請繼續。」

黃大律師露出銳利的目光，朝著妍豆跨了一步。

因為實在太接近了，手譯員只好也靠近妍豆身邊，兩人幾乎圍住了妍豆，從旁聽席幾乎看不見研豆的臉。黃大律師再次催促。

「好，兩個人當中，誰是那個人？」

沉默延續著。這是重要的證詞，因為之後妍豆作證琉璃遭受性暴力的加害人時，也必須區別是兩人當中的哪一個。辯護方似乎在盤算著，由李江碩或李江福兄弟的其中一人扛下所有一切。

「庭上，妍豆想要靠近被告看。」

看著妍豆的手譯員轉過身朝著法官說。

旁聽席一陣喧譁。法官點點頭。

「請求允許。」

妍豆走下證人席，緩緩走到被告面前。李氏兄弟那細長的眼睛盯著妍豆。妍豆微微顫抖著。她再次轉頭望著父親，再回頭看著李氏兄弟，快速地向被告比著手勢。一次，兩次，最後一次，手勢更加激烈，臉上充滿著憎惡和憤怒。姜仁浩從坐的位置看不太清楚妍豆比的手語。

妍豆重複了幾次激烈的手語後，伸出手指頭，指著同樣是禿頭，同樣是慘白臉孔，同樣是細長眼睛，穿著相同囚衣的其中一人。

手譯員有些失魂地說：

「她說是……這個人。」

法官來回看著面前的文件和被告，點點頭。黃大律師皺起眉頭。

「證人請回到證人席。沒錯，很正確。現在我要問妳的問題非常重要。被告李江碩外表有什麼特徵嗎？也就是說，妳確認對象的理由是什麼？」

妍豆開始比手語。手譯員面對法官，將妍豆的手語一一說出來。

——我其實不曉得誰是校長，誰是行政室長。可是把我帶走的人，把琉璃帶走做壞事的人懂一些簡單的手語。我走過去比那個手語，有一個人臉紅了。那個人就是他。

旁聽席傳來一致的驚嘆聲。法官側頭疑惑地問：

「什麼手語，證人？」

——那人用手語跟我說，如果我把他對琉璃和我做的事告訴別人，他就不會放過我。所以我在他們面前比那個手語，我不會放過你的手語。有一個人好像看懂了，對我怒目相向。

旁聽席響起掌聲。這次法官也沒制止，臉上有種聰明人遇見聰明人的喜悅，還面帶微笑。

「辯護律師，從現在開始，請不要用被告雙胞胎的理由浪費法庭時間。」

妍豆看著自己的父母，父親握著兩個拳頭向上舉。妍豆開心地笑了。

85

「審訊時間比想像中還要久，加上琉璃小姐的狀態不太好，妍豆小姐，我們就直接聽妳的陳述，可以嗎？」

法官溫和問道。看著手語翻譯的妍豆點點頭，法官隨即說：

「由檢察官提問。」

檢察官起身。

「證人作證說，上個月某一天晚上妳到學校附近買泡麵，回來後看不到等妳的朋友琉璃小姐，在找她時偶爾走到校長室前面，目擊了琉璃小姐遭受性暴力，這正確嗎？」

檢察官還沒問完，旁聽席就傳來「說謊！」「停止！」的喊叫聲。法官的臉色鐵青。法警走到高聲喊叫的人附近。是霧津靈光第一教會的信徒。

——是的。

「庭上，情況就如起訴書所述。考慮到孩子年紀還小，本人就用起訴書代替證人的陳述。」

「本席了解。」

法官回答後，換黃大律師上場。他看著妍豆一會兒，拿起一張紙走到妍豆面前。手譯員站在他旁邊。辯護律師準備好之後就開口。

「我老是覺得這件事有很多稀奇古怪的地方。學院創辦人的子裔，長期以來服務身障人士的名門家族子弟，怎麼會遭陷害這樣的罪名，這種罪名太低級了。現在我要詢問妍豆小姐，洗去善良高貴人士的罪名。等到妍豆小姐的詰問結束後，就能知道藏在背後的黑色勢力是誰了。」

黃大律師長篇大論，法官似乎想說些什麼，卻又作罷。姜仁浩、徐幼真和崔牧師的表情充滿了緊張。

「妍豆小姐，根據起訴書，證人那天去買泡麵回來，發現琉璃小姐不見了。那麼應該會想回到宿舍吧？妳卻沒回宿舍，反而走到校長室，理由是什麼？幫我好好翻譯。根據起訴書，妍豆小姐本來想回宿舍，卻走向傳出微弱音樂的地方。正確吧？」

妍豆點點頭。面無表情的黃大律師，臉上頭一遭出現了蓬勃氣息。他略微提高音量。

「庭上，就是這個部分。微弱的音樂聲。妍豆是聽覺障礙者，可是能聽見微弱的音樂聲？」

此時檢察官起身。

「抗議！庭上，辯護律師用和本案無適切關係的細節侮辱證人。」

法官回答。

「抗議駁回。案件一旦和性有關，就只有當事者和嫌疑犯在場，建立細節非常重要。辯護律師有一定的道理，請繼續。」

旁聽席後方傳來「哈利路亞！」的聲音。

「有這樣的陳述嗎？」

徐幼真低聲詢問姜仁浩。他也想不起來。當時孩子陳述的事件衝擊太強烈，想不起細節了。不過看來似乎有這樣的陳述。

他記得之後和徐幼真曾再次閱讀起訴書，當時覺得有什麼不合邏輯的部分，然而卻不覺得有什麼大不了，於是就此略過。

「為什麼寫了這句話讓事情變得如此困難。如果沒有這句話，又會怎麼樣？」

徐幼真咬著嘴唇。

86

手譯員向姸豆翻譯時，黃大律師向法官說：

「聽覺障礙孩童作證說，她跟隨著音樂聲走。庭上，他們對名門世家的教育家，誣陷羅織垃圾般的性犯罪罪名。如果大韓民國的法律無法保護他們，無法查出陷害他們的背後勢力的話，我們的國家就是個令人羞愧的國家。」

黃大律師的情緒激昂，彷彿他是真相的使徒，在正義之丘高喊著誣陷冤枉，聲音自信滿滿。法官制止辯護律師。

「辯護律師，交叉詰問請節制。」

此時手譯員開口說話。

「她聽見了音樂聲。是曹誠模的歌。」

黃大律師的臉，檢察官和法官的臉，還有旁聽席眾人的臉，就像被巨大的波浪拍打過，法庭上瞬間寂靜。

「你說什麼？」

辯護律師再次詢問，手譯員再問姸豆一次，姸豆比著手語回答。

——**聽見了微弱的音樂聲。是曹誠模的歌。**

旁聽席變得鬧哄哄的。

「肅靜！」

法官頭痛般地皺起眉頭，高喊著。然後親自詢問。

「證人，好好思考後再回答。證人是聽覺障礙人士，妳卻說妳聽得見音樂？」

妍豆沉著地眨了眨眼睛，慢慢地點頭。

黃大律師和他帶來的年輕律師不曉得在討論些什麼，最後走到法官面前。

「庭上，我們想在霧津市民和各位記者面前和妍豆小姐一起做個試驗。讓妍豆小姐聽曹誠模的歌，看她是不是真的能聽見。為了試驗證人，且讓我們準備一些簡單的裝置，等一下就能立刻開始。如此一來就能判定這令人羞愧、讓霧津不安的騷動，究竟該由誰負責。」

法官猶豫了一會兒，回答：

「請求允許。證人，請留在證人席。」

87

黃大律師走到法官前，說了一些相關要求。旁聽席中有人提著中型的ＣＤ播放機。妍豆被帶著面向法官，背對旁聽席。旁聽席只能看見妍豆的背影。手語翻譯員則站在妍豆面前。

「妍豆小姐，從現在開始試驗妳是不是真的能聽見音樂。聽見音樂時舉起手，聽不見時站在位置上就可以了。」

「姜老師，到底是怎麼一回事？她能聽見？那麼又怎麼說是聽覺障礙兒童啊？」

崔牧師問。姜仁浩搖搖頭，不懂妍豆為什麼如此理直氣壯說她聽得見音樂。崔牧師低著頭閉上眼睛。

看不見妍豆的臉，姜仁浩的心情開始忐忑不安。

就算妍豆能夠辨識音樂，在這莊嚴的法庭內做出沉重的證詞，但十五歲的少女賭上的可是自己的未來。現在，妍豆的眼睛除了法官誰都看不見，她的耳朵又怎能聽得見任何聲音呢。

十五歲少女能夠承擔的孤獨和壓力，未免也太沉重了。姜仁浩有一股衝動，想走到前面去牽住妍豆的手，站在她身邊。然而他察覺坐在旁邊的琉璃雙手發抖，他伸手握住。

「開始了。聽見曹誠模的歌聲時，請舉手。」

黃大律師說完，手譯員比著手語。

黃大律師按下播放鍵。法庭響起哀戚的高音。妍豆小巧的肩膀顫抖著，這小小的肩膀卻要獨自為這樁罪行作證，姜仁浩感覺自己的肩膀也不由得抖動著。這時，妍豆的手緩緩舉起。法庭內到處傳來驚嘆聲。過了片刻，黃大律師按下停止鍵。法庭內充滿著寂靜。妍豆的手放下來。法庭內響起更多的驚嘆和拍手聲。黃大律師的臉上烏雲密布。李氏兄弟哭喪著臉。黃大律師望著妍豆的背影，再次按下播放鍵。法官似乎不願意錯過任何細微的舉動，盯著妍豆一動也不動。曹誠模的高音再次迴盪在法庭內。妍豆的手再度徐徐向上舉。這回黃大律師馬上按下停止鍵。妍豆歪著頭若有所思地將手放下。

「再試一次。手譯員，請傳達還要再試一次。」

黃大律師打破了法庭靜默，激動地說。手譯員再次比出手語，黃大律師卻不採取任何行動。這根本就是個騙局。

「不公平。」

旁聽席有人低聲叫囂。

徐幼真咬著嘴唇望著姸豆。姜仁浩放開琉璃的手，在褲子上擦掉手心的汗。姸豆的手沒有移動。他幾乎能感受到姸豆小小肩膀的緊張壓力。黃大律師的臉上有了些許的狼狽。旁聽眾人個個屏息以待。可是，黃大律師還是沒有任何行動。姸豆的雙手也沒移動。比高喊聲更厲害的沉默，如大鼓般沉重地敲動法庭。最後，法官打破沉默。

「請記錄，法庭接受證人這項證詞。請檢察官對於姸豆小姐的聽覺現象，委請專家診斷，將診斷書提交給裁判部。」

88

「姸豆小姐，辛苦了。現在可以回到證人席了。」

法官這麼說，可是姸豆卻不移動。

「證人，現在已經結束了，請回證人席。」

手譯員手語比到一半，衝向姸豆。姸豆就像濕透的衣物一樣癱在手譯員的手臂上。姸豆的父母大聲號叫。

「為什麼要這麼殘忍？這是理所當然的犯罪，居然如此為難受害人？」

徐幼真不斷地說著。

崔牧師向檢察官比了比手勢。檢察官站起身來。

「庭上，年幼的證人似乎受不了了。請貴席妥善裁量。」

法官看著手譯員手臂上臉色發青的姸豆，回答：

「今天審訊就到此為止。下星期五再次開庭。檢辯雙方如果還有證人，請向法庭聲請傳喚。」

法官一說完，姸豆的父母奔向證人席。姸豆從證人席走下來，倚在父親的懷裡。徐幼真、崔牧師和姜仁浩也來到姸豆身邊。姸豆在父親懷裡哭了起來。

——做得很棒。姸豆。做得太好了。應該很辛苦吧！

姜仁浩說完後，姸豆破涕微笑。崔牧師走上前。

「可是，姸豆的爸，姸豆聽得見音樂……」

姸豆父親抱著女兒回答。

「這件事一點都不奇怪。我們也因為這個孩子從某個時候起就對某些音樂有反應，跑去找醫生，想知道是不是能夠再次聽見。可是，醫生說聽覺障礙者對於不同的頻率各有不同的反應。換句話說，有人能聽見高音，有人能聽見低音。當時播放的音樂正好是我們姸豆聽得見的頻率。這些人，驕傲地說成立了聽覺障礙學校，還誇耀自己長期以來的奉獻，卻連孩子有這樣的聽力現象都不知道。這群大壞蛋，根本就對學生漠不關心。」

姸豆父親又低聲接著說：

「我現在反而很感謝。那個音樂是姸豆能聽見的頻率，這就像是上天要懲罰那些人一樣。」

89

星期六早上，姜仁浩正在洗衣服時聽見門鈴聲。門外站的是徐幼真。

「抱歉，我怕打電話來會被你拒絕，所以就親自來了。回想起來，姜老師來到這裡還沒帶你去蘆葦田，也沒請你吃過辣海鮮湯。今天跟我一起約會吧！不過不要提之前的事。」她調皮地笑了。

姜仁浩把褲子掛好，露出濕濕的手，皺起眉頭。

徐幼真這回換上莊重的語氣。

「我接到慈愛學院一位老師打來的電話，說潤慈愛跟臨時行政室長去拜訪琉璃和民秀的家。我們也要去，免得太晚來不及。」

「什麼意思？」

「就是我說的。」

徐幼真點點頭。

「所以說快走吧，本來想自己一個人去，可是我一個人去，還不如跟擔任孩子導師的你一起去，更有說服力。」

徐幼真說完就打開門下樓去。姜仁浩猶豫了一下，隨便換了衣服拿起夾克。走到樓下時，徐幼真正發動車子。

「現在我們幹事已經試著打電話去民秀家。民秀家那個島今天發布了風浪警報，船隻不能開。那些人似乎已經去過了。這個時候會懷疑真的有老天嗎？老天哪，善良的沈青[4]死了，海洋才變得平靜。你想想看，殺死沈青的壞人搭船時，海洋才變平靜，真可惡！還有琉璃家從這裡開車要開一個半小時。」

姜仁浩咕噥著。

「這些傢伙真是愈看愈可惡，怎麼會想到塞錢給孩子的父母親，要求簽和解書？真是喪心病狂。之前徐學姊不是說過嗎？真的就像……狂亂的熔爐。太不像話了。」

「你不曉得嗎？對不到十三歲的孩子性暴力，只要受害當事人或監護人取消告訴且和解，起訴本身就無效。要說服貧窮且有智力障礙的父母，看來我們有得忙了。」

徐幼真開車出發。

「孩子都遭到性暴力了，還談什麼和解？」

抽著菸的姜仁浩氣呼呼地說。

「我就說啊！琉璃有智力障礙，和解的話不曉得會怎麼樣。不過民秀的父母若簽了和解書，起訴就會撤銷。就我看來，學校那群人打的主意，是認定琉璃雖有智力障礙，但有能力對抗攻擊；而聽覺障礙不代表一個人無法抵抗。真是氣人，這樣看來他們認定小孩有抵抗的能力。看來絕對不和解的只有妍豆的父母了，他們的罪就只剩對妍豆的性侵害，這樣被告只有校長，行政室長和朴寶賢會被釋放。」

姜仁浩覺得自己快要不能呼吸了，他搖下窗戶。霧的潮濕粒子取代了清爽的空氣，湧

4 沈青：韓國著名古典小說《沈青傳》的女主角，為知名的孝女。

進車內。

「還有一個壞消息。姸豆的父親昨天晚上突然倒下了。」

姜仁浩將窗戶整個搖下。他有種哽咽的感覺，彷彿有個東西從遠處慢慢接近，掐住他的喉嚨。

「我們先去吃點東西吧。按照約定我請你吃辣海鮮湯。我知道一家店，不過還要走上一段路才會到，可以嗎？」

徐幼真問。姜仁浩沒回答，反問了一個問題。

「昨天審訊結束後，又喝了不少酒吧？」

徐幼真微笑，她把車停在防波堤邊，兩人下了車。太陽出來了，溫暖的陽光似乎要將霧逐漸融化。透過層霧看去，太陽像是長了白內障，瞳孔變得晶黃，照在濃霧上的一束束光線就像女鬼一綹綹的白髮絲一般。

「昨晚的事態緊急，姸豆的母親先在霧津的醫院辦住院手續，醫生說昨晚的狀態急速惡化。」

蘆葦因為被霧弄濕，垂著頭，又因為溫暖的陽光，開始變得蓬鬆乾燥。蘆葦一直沿著防波堤延伸到遠處，有如一片乳白色的海洋。兩人走在蘆葦中間的道路。

「我曾經說過我父親的事嗎？我很小很小的時候，正是朴正熙政權的末期，維新時期。我住在首爾近郊小教會的宅院，我父親是小教會的牧師。教會附近開滿了金合歡。應該是金合歡香味還很濃郁的某個春天，有一天父親沒回家。他被抓走了，他們說他窩藏通緝犯學生，平日傳教時批評時事。回家後的父親……在年幼的我的眼中，就像抹布碎片一樣四分五裂，殘破不堪。病了三個月之後就過世了。我們從那時開始就每天和貧窮戰鬥。可是偶爾來找我們的人，全部都記得父親，說他是個善良的好人，也是個偉大的牧師。青春期開始，只要聽到父親的故事我就會想：為什麼善良的人被打，被嚴刑拷問，被處罰，然後悲慘地死去？這個世界不就是地獄嗎？到底誰能回答我的疑問？我不記得是母親，是老師，還是和父親有交情的其他牧師，還是他們全都這樣說：只要認真讀書，長大成人就能了解所有的事。我也相信這些話。但是不久前接觸了慈愛學院的事件後，我突然領悟了。長大成人不會了解答案，而是長大之後就忘了問題。現在我真的很想回答這個問題。如果不這樣的話，我父親的生命，妍豆和妍豆的父親，還有你和我，我們的生命就像乾乾扁扁的年糕一樣毫無意義。我不怕貧窮，也不怕痛苦，對於我的所有批評和傳聞，就讓他們大聲去說。我想知道的，是除了過日子還有什麼？我們的生活，除了吃吃喝喝，存錢買衣服，就沒有了嗎？我想要確認。不然我實在無法活下去，姜老師。」

從外海再次吹來微風，霧似乎開始消退了。兩人無聲地走進餐廳吃辣海鮮湯。

90

抵達琉璃家附近時，秋天的太陽已經逐漸西下了。掛在玻璃窗上的導航系統經過沒鋪柏油的道路時，隨著車子搖搖晃晃發出咯咯聲。終於找到地方時，兩人反倒有些茫然。

向右邊五度傾斜的屋頂用塑膠布覆蓋，塑膠布上再用石頭和雜物固定著，只要風一吹來就霹啪作響。如果吹起更強勁的風，塑膠布似乎會整個飛走。乾瘦的黃狗，晃動著四隻腳中間乾扁的奶頭，穿越庭院。這隻狗似乎很少見到人，來到兩人周圍嗅味道，然後打了一個哈欠，回到原位躺下。

「有人在家嗎？」

姜仁浩打開要彎腰才能進入的大門，這時突然衝出一股難聞的氣味。有人長期生病的味道。他看到有人蓋著棉被躺在黑暗之中。此時有個駝背的老婦人拿著一只鋁碗，裡面裝滿胡瓜走到庭院來。老婦人在姜仁浩和徐幼真自我介紹後，露出尷尬的神情，姜仁浩察覺到似乎有什麼事不對勁。

兩人將帶來的豬肉和餅乾放好，坐在琉璃家窄窄的檐廊上。

徐幼真開口說：

「您應該還記得上次我們有位幹事拿著起訴書來拜訪您。琉璃發生這種事，您應該很痛心吧！」

老婦人聽著徐幼真說話，從裙子裡找出香菸，姜仁浩快速幫她點火。老婦人用像蟬寶寶般布滿皺紋的手拿著菸，吐了一口煙。

「身為琉璃的導師，我真希望能說些什麼。琉璃已經好一點了。總之現在才來拜訪您真的很抱歉。」

琉璃的奶奶聽著姜仁浩說話，出神地仰望著天空，開口說：

「你們看，我唯一的兒子這個模樣，媳婦生下聾子後就跑了。兒子身體健康的時候，我們還在城裡開了一家餐廳，勉強過日子，現在連這樣都沒辦法，兒子生病了只好回到山谷裡來。原本活著的日子就沒有一天舒服，上次又有一個年輕人來說琉璃發生的事，叫我簽起訴書，從那天起，活著就像鬼一樣可怕，令人生厭。」

抽著菸的老婦人嘴唇開始顫抖。顏色像菸灰的上眼皮向下垂，幾乎要蓋上細小的眼睛，眼裡凝結了魚鱗般的眼淚。

「天下的大壞蛋……」

老婦人用裙角擦拭眼淚。

「有點難以啟齒，不過加害人那裡有過來找您嗎？這些人現在正接受審判，如果簽了和解書，這個事件就一筆勾銷了。我想您也知道，這樣的話，琉璃只能和這樣對待自己的壞人一起生活了。」

老婦人意外地露出淡淡的笑容，望著徐幼真。

「那些人已經來過了，說如果我願意的話，願意讓琉璃念到大學畢業，還要出錢讓琉璃父親治病。」

果然料想得沒錯。老婦人又笑了。

「我問他們要給多少錢。他們說，奶奶您想要多少就給多少。足以讓琉璃一家人無後顧之憂地過個幾年的數目。這是天下的大壞蛋說的話。」

瞬間姜仁浩的背上掠過一陣寒意。提到壞人說的數目時，老婦人的臉上並沒有充滿憤怒，反而有種像是在述說她一輩子都不能觸及的星星的故事。

「是啊！這些人真的很糟糕。奶奶應該很傷心吧！」

徐幼真附和著說。姜仁浩將視線轉向孤零零的房子前延伸的玉米田。已經乾枯的玉米桿就像幽靈一樣站立著，也像是失魂落魄的殘兵敗將。老婦人再次將裙子撩起，擤了擤鼻涕。

「我一生就算辛辛苦苦地工作，也很難安心吃一口飯。不，只有債台高築。失敗者的病只會拖累貧困的後代，醫院裡的那些人只會追著要錢，可是卻治不好病。我們琉璃……老師，我雖然學識不多，也什麼都不懂，可是想到孩子有多痛苦，多難過，有多害怕，就算我現在追過去抓住這些傢伙的陰莖和睪丸，用力扯下來，都不足以洩恨。這樣是不是要殺了我這個老人。我都知道。只有貧窮卻什麼都不懂的兒子還嫌不夠，還生下了有病的孫子，這些我都知道。」

姜仁浩聽著老婦人的話，聽見傾斜屋頂上覆蓋的塑膠布隨風晃動的聲音，也聽見了為了不讓塑膠布飛走，壓住的石頭和雜物發出的碰撞聲，像琉璃家被詛咒貧窮的旗幟，發出微弱飄揚的聲音。他記得前往民秀家的海域發布了風浪警報。他記得徐幼真說，這個時候會懷疑真的有老天嗎。小時候母親也說過同樣的話；可是現在姜仁浩想，可能沒有可怕的老天吧，這才可怕。

「我怎麼能夠賣掉我的孫女，去付她爸爸的醫藥費呢？人不能這樣做。這樣不行。可是老師，這些人是這樣說的。事到如今，趁這個機會將孩子的父親送到首爾醫院，還能讓琉璃上大學，這樣也不賴。老師，我明明就說不行了，可是那些人走後，我卻經常聽見……那些聲音。老師，我的兒子和孫女聽不見的聲音。我的耳朵卻經常聽見。」

回家的路上，很快就天黑了。黑暗就像禿鷹抓走小雞一樣，覆蓋了整個山谷，徐幼真的小車在路上搖搖晃晃，終於開到大馬路上。兩人回程時都沒說話。

91

星期五，又到了開庭日。

這一天檢察官的證人是全民秀和姜仁浩。姜仁浩上完早上的課回到教務室，這時手機響了。是徐幼真。

「下午開庭時不用帶民秀了。」

姜仁浩感覺自己的眼前有一幕黑色的布幔咻地放下來。

「貧窮就能這樣嗎？因為貧窮，一個孩子死去，另一個孩子也不成人形，貧窮就能這樣嗎？從對孩子伸出魔爪的人那裡拿錢，簽和解書嗎？貧窮的話就不是父母嗎？這像話嗎？姜老師，你想想看，在這種父母底下成長的孩子，要被欺侮到什麼時候？活著也很憤怒，憤怒得快要死去了……」

徐幼真的聲音快哭了。說來也真奇怪，這是民秀和朴寶賢之間的事，可是學校為什麼出面呢？只因為朴寶賢沒有錢，只能忍受開庭前在走廊上打瞌睡的義務辯護律師嗎？是學校籌錢送到民秀家嗎？為什麼只有民秀……

「徐學姊，你冷靜一點，真奇怪，為什麼民秀……這跟李江碩兄弟一點關係都沒有啊？」

「我們也很懷疑。可能是和民秀弟弟的死有什麼牽連吧！如果不是這樣，李江碩兄弟怎麼可能會出面？姜老師，該怎麼辦？倘若琉璃的奶奶也簽下和解書，那就完蛋了。有可能會這樣嗎？」

掛了電話後姜仁浩望著窗戶外。貧窮。他從未真正經歷過貧窮。身為國小老師的父親非常踏實，母親也很節儉。即便不能每次都擁有自己想要的東西，卻也沒有餓過肚子。以貧窮襤褸為理由，就可以用錢和幾塊麵包換取人類的尊嚴嗎？

抬起頭來，民秀正走進來。這個孩子以為自己要站到證人席上，所以來找他，在看見旁邊座位上的朴慶哲老師時卻停下了腳步。在這一刻，他了解自己有多麼厭惡朴老師這些人，他們這些年來對溫馴的孩子施加殘忍的暴力。強烈的厭惡伴隨著憤怒，不停吞噬著他、唾棄著他。而現在，他得告訴這個孩子，你的父母簽了和解書，而且不追究任何民事刑事責任。

他將民秀帶往餐廳的方向。

同行的民秀望著姜仁浩。眼神對望的瞬間，民秀開朗地笑了。聽覺障礙兒童才會有的寧靜和溫柔的微笑。那微笑是信任的微笑，也是託付的微笑。他的眼眶突然變得溫熱。突如其來的感情，讓他咬緊牙關，然而喉嚨湧出更多溫熱的東西。他突然知道自己絕對不能背叛孩子。他覺得更厭惡了，因為不能背叛孩子，代表是有可能背叛的。姜仁浩用手臂摟住民秀瘦弱的肩膀，用力抓了抓，比著手語。

——**對不起，民秀，你的父母原諒了朴寶賢老師**。

民秀的臉僵硬，露出難以置信的表情。他的眼睛閃爍，不明白是什麼意思。

——**我的父母不識字，怎麼會有這種事……**

姜仁浩和民秀面對面站著。民秀的父母有聽覺障礙和智力障礙。聽說是住在隔壁的叔叔照顧他們。該怎麼說明不識字也能和解呢?就算不識字,只要有錢和印章,所有事情都能搞定。

——那些人去拜訪你們家,苦苦哀求,請求原諒。民秀的父母是善良的人,沒辦法討厭別人的那種人。

姜仁浩艱辛說道。民秀緩緩地低下頭。

——那些在監獄裡的人,他們得向我和弟弟請求原諒,要說自己錯了。不是這樣啊。這才不是原諒。殺死了我弟弟,怎麼能原諒?

民秀的雙眼閃爍著銳利的光芒。姜仁浩搖搖頭。原諒,這不是原諒。真的不是原諒。原諒不是屬於弱者。原諒屬於心靈富裕的人。原諒並不是對於罪惡、不公不義、暴力和侮辱視而不見。判刑之後才可能原諒啊。身為老師,他卻無法這樣告訴民秀。

民秀開始比手語。

——不可能。我這次出庭不管有沒有人問,一定要說殺死永秀的那傢伙做了什麼。他在浴室做!在廁所做!如果我們不看他,就打,他脫掉我和弟弟的褲子……嗚嗚!

民秀大叫發出怪聲,將手臂上的T恤往上捲,露出自己瘀青未退的手臂。姜仁浩緊握著民秀的雙手。民秀掙扎著似乎就要立刻奔跑到海邊,從懸崖上縱身一躍。他消瘦的臉頰上滿是淚珠。

姜仁浩抱住掙扎的民秀。對不起,他呢喃地說。對不起,民秀。這絕對不是你父母的錯。這絕對不是父母的錯。他的耳邊響起了琉璃奶奶的聲音

「老師,這些人是這樣說的。事到如今,趁這個機會將孩子的父親送到首爾醫院,還

能讓琉璃上大學，這樣也不賴。老師，我明明就說不行了，可是那些人走後，我卻經常聽見……那些聲音。老師，我的兒子和孫女聽不見的聲音。我的耳朵卻經常聽見。」

民秀在他的懷中啜泣。

92

已經過了十月中旬，異常的氣溫讓天氣變得很熱，就算裝了冷氣，法庭還是熱烘烘的。

姜仁浩走往證人席，眼角餘光突然瞥見潤慈愛。潤慈愛坐著瞪視他。這個女子無窮無盡的敵意，其根源究竟是什麼？接著，姜仁浩進行證人宣誓，說他會據實以告。接著由檢察官詰問他目擊的事實。

然後是黃大律師。黃大律師仍然面無表情，充滿自信地走向他。姜仁浩注意到他的嘴角揚起一抹微笑。

「證人，從一九九七年三月開始，你就以老師的身分加入全國教職員勞動組合，正確嗎？」

姜仁浩明白，辯護律師要展開反擊策略。

93

姜仁浩愣了一下。全國教職員勞動組合，真是出乎意料。他完全不曉得這個組織和該案件有什麼干係。

「證人是否在一九九七年三月加入全國教職員勞動組合，展開活動？雖然當時全國教職員勞動組合尚未合法。」

黃大律師劈頭質問。姜仁浩頓時覺得自己猶如躺在砧板上待宰切片的活魚。一股寒顫直衝腦門，他腦袋一片空白，冷汗直流。

「我不記得這件事了。」

姜仁浩打起精神，決心要冷靜回答。

黃大律師晃動著手上的文件。

「這份文件記載你在一九九七年加入全國教職員勞動組合，到一九九九年十二月辭掉教職為止……」

此時檢察官站起來。

「抗議！庭上，辯護律師質問證人過去的經歷，這和本案無關。」

黃大律師以冷峻的目光掃射姜仁浩，轉身面對法官。

「事實並非如此。證人是在慈愛學院內煽動被告是犯罪者的主要人物，也是事件的主要目擊者。這個人的正直與誠實對於沒有其他目擊者的本案，本人相信是非常重要的。然而證人現在連明確文件上自己的名字都否認。本人且呈上當時全國教職員勞動組合名冊。」

律師交出名冊，法官檢視其內容，猶豫了一下，宣告檢方抗議成立，然後親自詢問姜仁浩。

「證人，雖然全國教職員勞動組合在當時是不合法的，可是為什麼要否認這種問題呢？

我實在不了解。名冊上有姜仁浩先生的名字，是在一九九七年三月列入的。」

姜仁浩的臉色蒼白。旁聽席響起一陣嗡嗡聲。他搜尋著記憶，怎麼也想不起自己曾經加入過全國教職員勞動組合。他當時對這些事不感興趣。他在一九九七年當了一年老師，就在那年年底，學期快要結束之前入伍了。

「很抱歉。我想不起來了。我當老師沒多久就去當兵，所以……」

法官以懷疑的眼神看著他。黃大律師的臉上浮現些許笑容。

「下一個問題。證人是否在當時性侵首爾城東區美華女高的張明熙小姐，你教過的一名學生，最後導致對方死亡呢？」

剛才如果是臉頰突然被人連續打巴掌，現在就是用槌子敲擊後腦勺了。法官興味盎然地看著姜仁浩。檢察官再次起身的時刻，法官說：

「雖然不是要調查證人的過去，然而證人的個性和道德對本案而言相當重要。辯護律師請繼續。」

旁聽席鴉雀無聲。這裡突然不是審訊李江碩、李江福兄弟和朴寶賢的法庭，反而化身為姜仁浩過往的真相調查委員會。

「我沒對她進行性暴力，她自殺一事我也是直到退伍後才知道。」

「證人，你沒對她進行性暴力，很好。可是證人和張小姐發生關係時，她還是未成年少女，是你曾經教導過的學生。這段性關係是你情我願的嗎？這是不是反映了證人的道德觀？」

法庭一片寂靜。姜仁浩站在比旁聽席高一公尺的證人席上，感受的更是一片寂靜空谷。就像妍豆信中所寫的，潛到深水之中。孤寂……

「我不知道她是未成年少女，她當時已經高中畢業了。彼此年齡的差距又不大，在社會普遍的觀念上，高中畢業已經……」

姜仁浩的太陽穴上汗水滑落。

似笑非笑的黃大律師轉頭面對法官。

「本人呈上張明熙小姐的遺書作為證物，是張明熙小姐的父母交給我們的。他們在看到慈愛學院案件有關的節目後，發現提告的是要為女兒死亡負責的姜仁浩，因此將十多年前自殺的女兒遺書寄給我們。當時他們想懲罰他，可是女兒是自殺死亡，又沒有證據，沒辦法提告。庭上，加入全國教職員勞動組合三年，卻狡辯說沒有這種事，從事教育卻加入非法團體的活動，身為女子高中老師，卻對授業學生進行性暴力，導致對方自殺，這樣的人有資格控告從父輩開始都為身障人士奉獻犧牲的被告嗎？身為全國教職員勞動組合的活躍分子，卻連這種明確的事實都要否定的人，如何相信他的證詞，讓被告的家庭和有五十年傳統的慈愛學院遭受侮辱嗎？本人的提問到此為止。」

姜仁浩像是被釘住在證人席上。茫然空洞的頭腦中，時間的簾子飄動著，浮光掠影般的記憶開始浮現。這時才逐漸想起在全國教職員勞動組合參與的活動。大學畢業時，因為兵務廳的行政失誤，他必須要等待一年才能入伍。知道情況的一位學長，詢問他是否有意到他任職的私立女高教書。當時對姜仁浩而言，這是天大的幸運。有一天學長鼓動他加入全國教職員勞動組合。如同法官剛剛說的，當時全國教職員勞動組合還是非法的，但也馬上就要合法化了，對他而言他沒有同意的念頭，然而也沒有什麼反感，因此就簽了文件。

當時他才二十四歲，學生的教育不是他最關心的事，自己都還是個沒脫離青春期的年輕人。領到薪水後，他會約朋友出來一起喝洋酒，和夜店裡偶遇的神祕女子發生一夜情。一晚的暴飲再滿身酒味去上課，女學生會捏著鼻子說：「老師全身都是酒味！」對於年輕單身的老師顯露出偽裝成敵意的關心和愛慕。他還記得她們呵呵笑著的聲音……那個時期，他既沒有儲蓄，也沒有買車，換句話說有種昂貴工讀生的心情。一年後他去當兵了，之後他才知道，當時學校認為他或許退伍後會再回來教書，因此視為留職停薪。對他而言這也是種幸運。

然而退伍後，他開始在學長的服飾出口公司工作，又以這個經驗為基礎，和朋友開始投資做小型服飾業生意。在完全離開教職之前，他的名字有三年都在老師名冊上，同時也在全國教職員勞動組合名冊上。換句話說，這些跟他毫無關係，他只是文件上的一個印刷體罷了。

「啊，我想起來了。全國教職員勞動組合，這個……」

他大喊著。法官盯著他看，翻閱著面前的文件，以公事公辦的口吻冷冷地說：

「詰問結束，證人可以下來了。辯護律師，請傳喚下一位證人。」

潤慈愛從位置上起身，走往證人席。姜仁浩依然站在那裡。潤慈愛嘲笑的視線，就像一對針一樣插在他的雙眼之間。李江碩、李江福和朴寶賢的視線，則是穿透他的顴骨、兩頰和髮際的針，也刺穿他的後頸和手臂。旁聽席無數的針，像弓箭一樣飛過來插在他的身上，他全身疼痛，也不曉得自己旁聽席的位置究竟在哪裡。姜仁浩狼狽地走向旁聽席後方的門。抵達門口的距離好遙遠，有種地面裂開的感覺。空氣波動起伏著。汗水濕透了白襯衫，浸透單薄的西裝外套，看起來好似他身上流著血。

94

從法院走到下面的廣場，他才發現口袋裡的手機一直在震動。是妻子。

「你……」

妻子才開口就陷入沉默。姜仁浩的直覺告訴他是不好的消息。

「如果不是急事，我十分鐘後再打……」

「不是急事，是很重要的事。」

妻子插嘴說。這很少見。

「你……」

姜仁浩感覺到電話那一頭的妻子正在發抖。

「你，跟張明熙這個女人……」

妻子因為哭泣的緣故，無法繼續說下去。

「你是對學生性暴力，害別人自殺的人？」

姜仁浩的眼前一片空白。他不懂為什麼妻子會知道剛才在法庭的審訊內容。

「老婆，什麼……」

電話那頭傳來妻子歇斯底里的喊叫聲。

「這訊息貼在霧津靈光第一教會的網頁上，朋友打電話來告知。你到底要搞得多糟？」

「老婆，我現在……」

「好！現在你怎樣，徐幼真又是誰？有人說清晨時好幾次看見她從你住的地方出來，說你們住在同一個社區？對嗎？所以你去霧津後我們連你的影子也看不到。怎麼可以這樣？我真的不能原諒你。以後世美該怎麼辦？怎麼辦？這些事該怎麼辦？我不是求你放手嗎？結果你還是執意要做！」

妻子嚎啕大哭。姜仁浩的咽喉有一股熱氣往上衝，脊背有一股寒氣往下竄，身體似乎失去了體溫，雙腳酥軟無力。他開車來霧津途中曾想起明熙，那時背脊的一股寒氣現在似乎又籠罩著背後。

「現在我和世美太丟臉了，怎麼在別人面前抬起頭來？」

「老婆，世美的媽，不是這樣的，是……」

妻子啜泣著，以冷若冰霜的聲音切斷他的話語。

「你不需要跟我解釋。這件事已經放到網路上了，不管是不是事實都沒有用了。如果是誇大事實的話，你去告他們就好了。但你必須做決定，究竟是張明熙還是徐幼真，如果都不是，你去告他們吧。」

姜仁浩慢吞吞坐上自己的車，用力甩上車門。奇怪的是車內的寂靜反而讓他放鬆下來。

「老婆，妳冷靜下來聽我說。張明熙是曾經和我短暫交往過，是我的學生沒錯。她自殺的事也沒錯。可是我……我跟徐幼真住同一社區沒錯，那個——」

電話另一頭傳來妻子的大叫聲，她掛掉了。姜仁浩鬆開領帶，搖下車窗。他看見霧津地方法院大樓上鐫刻著幾個字：「自由、平等、正義」。

95

潤慈愛以可怕的眼神站在證人席上。徐幼真和崔牧師不曉得黃大律師為什麼傳喚潤慈愛當證人，但她的確是慈愛學院教職員當中最積極聲援校長的人。不知道是不是因為她是慈愛學院創辦人李俊範的養女，所以才取名為慈愛，然而也有傳言指出她是校長哥哥李江碩的情人。對妍豆動用私刑的潤慈愛，之所以有讓人無法理解的憤怒和嫉妒，或許就是因為如此複雜的背景吧。

「證人，妳是慈愛院，也就是宿舍的生活輔導教師，對嗎？」

黃大律師問道。

「是的，沒錯。」

潤慈愛以有條有理的口吻回答。

「妳的資歷有多久？」

「已經八年了。」

「那麼應該算是不太短的時間。還有，令人感動的是，證人是慈愛學院和慈愛院眾多教職員當中，不是聾人而手語卻最熟練的人，這是事實嗎？」

「是的。我是慈愛學院的創辦人栢山李俊範老師從小收養的養女。我從小就在慈愛學院長大，和聽覺障礙者相處了很長一段時間。」

「那麼證人對於聽覺障礙人士的屬性，以及他們相較於其他身障人士的不同特徵，應該很了解吧！和主張遭到被告性侵的學生們相處那麼久，也很了解他們吧！」

檢察官站起來。

「抗議！庭上，辯護律師詰問證人與本案件毫無關係的事件。」

黃大律師早已有所準備。

「絕非如此。控訴被告的孩子全都是聽覺障礙者，而且在慈愛學院內度過孩提時期，他們並不是我們每天在街上都看得見的平常孩子，他們長期與外界隔離，或許具有非常不同於我們的價值觀。這或許是本案的重要關鍵。因為控訴被告有罪的，全部都是該機構的孩子。」

「抗議駁回。辯護律師請繼續。」

「崔牧師，這陣子法官有點奇怪不是嗎？似乎對於辯護律師過分寬容。」

徐幼真在旁聽席對崔牧師私語，崔牧師陷入沉思。

「可以說是前官禮遇嗎？」

徐幼真又問。崔牧師沉默了一會兒，安靜地嘆了一口氣。姜仁浩的過去被揭發，是個驚人的事件。加上這陣子對於被告過度偏愛的法官……兩人有種不祥的預感，可是無法大聲反駁。

潤慈愛開始說：

「我認為聽覺障礙者是身障人士當中最難應付的。也就是我們經常說的，他們不聽別人的話，總是認為只有自己的想法是對的，就算察覺有任何錯誤，也完全沒有修正的想法。」

手語翻譯員對著旁聽席比手語時，露出痛苦的表情。一如他預期，手語一比出來，到處傳來噓聲。法警起身查看，法官怒視著旁聽席。

「再加上他們使用相同的語言，形成聾人封閉的世界，有很嚴的階層秩序。這個年代的孩子，身體成熟了，心智卻沒成長，男女之間的關係相當混亂。我在宿舍最花心思的就是這個部分。他們自己就算了，偶爾男學生會露骨地要求女老師，女學生也會大膽誘惑男老師，只穿著內衣……不僅對這裡的校長和行政室長，還對其他人——」

此時旁聽席傳出叫罵聲，還有一隻鞋子飛到潤慈愛身上。是一名慈愛學院已畢業的男性代表。

法警跑過去，法官怒視著他說：

「本席以藐視法庭罪將你羈押。」

丟鞋子的聾人被帶走，口中發出詭異的叫聲，讓法庭陷入更怪異的沉默中。有一些女性聾人擦著眼淚。她們聽不見也不能說話，有人毀謗她們，也只能束手無策地看著。

坐在徐幼真身邊的崔牧師似乎累了，用雙手揉著眼睛。

96

徐幼真想了很久，世界上最恐怖的是什麼？如果有人這樣問，她似乎能夠回答，那就是謊言。謊言。有人說謊，世界這個大湖彷彿倒入黑糊糊的墨水，把四周都染黑了。在找回原有的澄淨之前，需要相當於謊言一萬倍的純潔能量。

富有的人怕被奪走一切財產，花了兩倍於窮人的能量去維護，因為富有的人了解擁有的快樂和無法擁有的恐懼。

富有的人為了不讓人奪走自己的東西，拚命說謊，因此涵蓋了強大的能量，擁有在清澈天空呼喚雷擊和閃電的能力。

這一連串的事件，讓徐幼真另眼看待這個世界。為了掩飾自己的傷痕，擁有的愈多就愈殘忍，他們施加在別人身上的暴力就愈不分青紅皀白。在霧津，原則、道德、良心的聲音很久以前就被丟入垃圾桶，回收成為反常、私利和妥協。

這些思緒在她腦中翻滾時，潤慈愛仍然繼續作證。

「聽覺障礙者的智力比其他身障者明顯低落許多。主要原因是他們沒有思考之源的語言。換句話說，他們是多重障礙者。視覺障礙者只有視覺的障礙，然而他們是聽覺和語言的多重障礙者。」

手語翻譯員的臉色比孩子早先提到性暴力事實時還要更扭曲。看著手語的旁聽席聾人，口中爆發出喊叫聲。

法官大聲喊著。

「肅靜。引發騷動的人，不管是誰都會遭到羈押。」

那一天有五個人遭到逮捕。

97

夜幕開始籠罩時，大霧從海上飄過來。濃霧滲透了所有人之間，就算再近的兩個人也會被隔絕。潮濕陰森的氣息瀰漫在街道，家家戶戶緊閉著窗戶。商店快速地點亮招牌燈，霧的粒子卻讓光線變得模糊。人們匆匆忙忙地返家。駕駛人拚命按著喇叭，想趕在霧變得更濃密之前抵達目的地。

霧津人權運動中心辦公室的日光燈管閃爍著。辦公室不斷響起電話鈴聲，都是打來譴責姜仁浩的。不管是女幹事或男幹事，大家接了電話試圖辯解，然而打電話來的人並不是為了聽他們解釋。姜仁浩的臉色就像生鏽的銅塊那般陰鬱。靈光第一教會網頁的貼文和許多衝擊的言語，擴散到霧津的各個網站上。雖然知道是有人組織性地發動這樣的事件，卻沒辦法阻止。慈愛學院的學生早晚會看到這些文字。他突然有個幻覺，全世界的招牌似乎都掛上了他過去的照片，全世界的頭條新聞似乎都在報導這個事件，全世界的電腦似乎都在播放他過去的影片。他不懂為什麼會發生這種事。現在他唯一能做的事，就是走入濃霧覆蓋的海水，沉入永恆的深淵。

徐幼真首先打破沉默。

「一定有人在監視我們，到底是誰？對，那天姜老師醉得狼狽不堪，在路上被搶，我在凌晨時送你回家，那一天是我們中心受理這宗案件後不久。從那時候開始就有人暗中監視我們了吧？」

徐幼真偷覷著姜仁浩，有點狼狽地說道。要讓話題集中在和自己有關的事情上，這樣她才能從他可怕的過往回憶中抽離。

雙手一直在胸前交疊的崔牧師沉重地開口。

「就算不是這樣，也可能是故意試探。徐幹事還年輕，姜老師也一樣，再加上兩個人都來自同一所大學。他們是用異樣的眼光看待男人和女人，可以先告他們散布謠言。可是問題仍然是……」

崔牧師似乎覺得提到自殺的張明熙很不妥當，猶豫了許久。

表情僵硬的姜仁浩總算開口了：

「我，先……辭掉學校的工作，然後離開霧津。這是不傷害孩子和各位的最好方法。」

崔牧師和徐幼真四目相望。暫時的沉默後，崔牧師開口了。

「姜老師，你會為這種事掛心是理所當然的，可是那些文字是誇張的誣陷。當時你們兩個人是戀人的關係，年紀只相差五歲……我了解你的心情，但絕對不要從這裡逃走。就算你不曉得該如何對孩子說這些事，不過一定要說明，一定要反擊。」

「對，我們會在網路上刊登反駁的文字。請不要太擔心。」

一名男幹事也跟著幫腔。

姜仁浩激動地抬起頭來。

「反駁？要說些什麼呢？說當時我才二十五歲，還是徬徨的時期？說我當時已經不是老師，那個學生也畢業了，有戀愛的可能性？說我連對方是未成年都不知道，就跟她上床了？說之後我和許多女子戀愛、上床，最後分手了，那些女子沒自殺而且過得很好？說姜仁浩和現在的妻子結婚，還生了一個名叫世美的孩子？說徐幼真只是大學時期的學姊，兩人只是朋友，不用擔心？網站上要這樣說嗎？如果想檢舉校長和教職員十多年來在聽障學校對可憐的孩子持續進行性暴力，我就得將自己和所有女人的關係攤在陽光下供人檢視，分手的女人也要說她們永遠記得和姜仁浩的美好回憶，絕對不會找死或是自殺，會好好地活著。可是她們不會這麼說，所以我很抱歉。要這樣說嗎？」

姜仁浩眼睛充滿血絲。

崔牧師本來想對他說些什麼，卻又作罷。

「對不起，事到如今，我要怎麼繼續奮鬥下去？這段時間謝謝你們。可是我不確定……對不起。」

姜仁浩沒再多說什麼就離開辦公室了。濃霧像布幔般遮蔽了所有街道。姜仁浩在霧津人權運動中心大樓入口停下了腳步，突然覺得自己快要不能呼吸了，彷彿被幻覺抓住般，胸口糾結。人生似乎在此放下最後一幕，他的靈魂完全陷入幽暗的絕望之中。

98

有人傳紙條給徐幼真，她抬頭一看，是人權運動中心的女幹事。

「天空病了，緊急送往霧津大學附屬醫院的急診室。」

徐幼真原本專注地想著姜仁浩將何去何從，擔心眼前的困境，轉瞬間無法了解紙條上的內容。天空……生病。天空生病了！

她將紙條拿給崔牧師看，從座位上站了起來。已經好幾個月沒生病，過得很好的天空被送到霧津大學醫院，應該不是什麼好徵兆。先天性心臟畸形出生的孩子，現代醫學往往束手無策。這個孩子能夠活到今天就是一種奇蹟。

她走出人權運動中心辦公室，開啟手機。她一整天都在法庭和辦公室跑來跑去，沒開手機。現在才顯示出有人不停打電話給她的訊息。最後傳來母親的聲音。

「沒關係。現在在急診室檢查。發燒得很厲害，還有點抽搐……妳慢慢來，沒關係。不過醫生說需要母親到場才能做重要的決定。」

年邁母親那疲憊的聲音，彷彿已超越了恐懼和困惑，屈服於所有的事。徐幼真急忙跑向停車場。工作時不管多麼辛苦都無所謂，可是孩子生病的時候，總是沒辦法不掉眼淚。想到嘴巴發青的天空的臉，她嘴角一撇，再次流下了淚水。

徐幼真來到車子旁，臉色不由得慘白。用手擦拭被霧氣濕透的車窗玻璃，看到鑰匙插在引擎上。她朝向街道上奔跑了起來。愈是緊急愈是找不到計乘車，再加上霧的緣故，車子像烏龜般移動。以她的經驗來說，霧津在這種天氣是叫不到計程車的。想到如果她晚一點才抵達醫院，天空發生什麼不測……因為霧的緣故，街上看不到什麼人，她站在街頭擦著眼淚。

「請幫幫忙！上帝幫幫忙啊！」

她沒進教堂已經有幾十年了，然而只要想到天空，就會這樣向人請求。

此時有道白光穿透了霧，靠近在她面前停了下來。是銀色的老舊休旅車。

「要載你嗎？」

姜督察搖下車窗，用下巴示意徐幼真上車。徐幼真訝異地看著他，姜督察再次用下巴示意。他為什麼在這裡？徐幼真快速爬上車，心中想著。

99

「妳看起來有條有理的，怎麼會這麼迷糊？上次來我們警局時也是鑰匙沒拔就下車了？妳這個體型嬌小沒什麼重量的小女人，怎麼這麼迷糊？這樣可以和霧津有錢有勢的人戰鬥嗎？」

聽到姜督察的話，徐幼真沒回答，繫上安全帶說：「麻煩請載我去霧津大學醫院。」

「怎麼？新政府上台，警察也再次微服出巡了嗎？」

她語帶諷刺地說。姜督察大笑。

「不要這樣！身為民眾的拐杖，這是難得為民服務的機會。」

姜督察就像老練的駕駛一樣熟練地開著車。如果被紅燈擋住，就假裝轉彎，然後再往前開。有一次綠燈快要變紅燈了，也勇往直前，差一點就和左轉的車子相撞。徐幼真想，在濃霧中快速前進的車輛，這大概是霧津唯一的一輛吧！

發現徐幼真緊張地抓著窗戶上方的輔助把手，姜督察說：

「不要害怕。我開車二十年從來沒出過車禍。你可以相信我，在霧津沒人敢這麼說。有人問我怎麼可以這樣，我回答，如果長時間體驗過霧，就會看得見前面。對於那些認為世界一定要透明澄淨的人而言，霧就像障壁。反之，如果接受世界本來就有霧的話，反而會覺得沒霧的日子是意外的禮物。這麼一來，反倒會感覺沒有霧的日子比較多，不是嗎？」

他千鈞一髮地闖過一個又一個交通信號。

「這樣開車才能抓到違法亂紀的人。如果守規則的話，根本不可能抓到……」

看徐幼真始終保持沉默，姜督察不好意思地說：

「我看妳好像很急所以才開快車，是不是小孩生病了？」

出乎意料誠懇的語氣，徐幼真這才正眼看著姜督察。

「你怎麼會知道？」

「我姜某人連在霧津海洋上放屁的人都知道，可說是無所不知無所不曉。」

「我在霧津不是那麼重要的人。」

徐幼真將視線轉回前方，簡單地回答。

姜督察一邊轉動方向盤，一邊看著她。

「我從之前就想告訴妳，叫妳適時地放手。徐幹事妳知道自己捲入什麼事件嗎？妳知道自己跟誰在鬥嗎？我聽說妳父親是維新時期非常有名的徐甲東牧師……我高中時很尊敬他，不過已經太久，想不起來了。我還記得他在《麥穗》雜誌上寫過大衛和哥利亞的戰鬥故事。不曉得我記得對不對，不過我想他是說不停地用雞蛋敲石頭，石頭最後也會裂。總之，妳是不是對於大衛和哥利亞的故事非常有信心？大衛和哥利亞的故事之所以有名，是因為這是開天闢地後第一次的戰鬥，是不是？」

徐幼真雙手交疊，聽著他說話。心中後悔著坐上這輛車。而霧，到處都是厚實的霧。

「喂，我現在是在跟說謊的人戰鬥。孩子受到傷害，我們舉報那些傷害孩子的人，就是這樣。」

姜督察對於她的發怒回嘴笑了起來。

「那樣的話，你就要和霧津全體市民戰鬥了。在這裡大家都說謊，彼此掩護。市議員和建設業者的小叔，駕照考場職員和醫院院長夫人，特種行業的老闆娘和警察局局長，俱樂部的無名歌手和寂寞的太太，有夫之婦和牧師，老師和教材出版商，市教育廳和學校校長，人人互相掩護、說謊。他們想要的不是正直，不是誠實，什麼都不是。偶爾他們也可以放棄更多的財產，他們真正想要的是沒有改變。大家能視而不見，人人就能過著幸福快樂的生活；只要一、兩個人退讓——他們把這個叫做退讓——世界就會安靜祥和。可是妳插手了，攪動他們的生活，要求改變。他們最討厭改變了。」

「你現在到底希望我怎樣？如果你再繼續講，我就要下車了。」

徐幼真覷了他一眼，比較禮貌地說。姜督察說：

「妳聽我說。徐幹事認為在法庭上能夠帶來正義嗎？妳知道什麼叫前官禮遇嗎？黃大律師因為約定可以拿到首爾江南的一間辦公室和一切設備，所以才來到這裡。妳知道那是多麼龐大的巨款嗎？這個人是霧津秀才，他不是什麼笨蛋，妳以為他不懂那些人的性暴力、蹂躪聾人的事嗎？才不呢！黃大律師也很苦惱。他判斷為了社會正義，犧牲幾個聾啞學童可以讓故鄉發展；換句話說，為了大義，這是正確的。法官？這些人彼此是大學同學，學長學弟，老同學，妻子的叔叔，高中同學的親家，女婿的恩師。至於負責本案的檢察官呢？在霧津的任期只剩下六個月，如果不小心惹火了某些人，那麼回到首爾和妻子孩子相聚的計畫就完蛋了。這些人從出生到現在，都是在分數、分數、分數、競爭、競爭、競爭當中勝過別人，才爬到今天的地位。因為一分之差，朋友成了浪人，自己成為法官。可是他們會為了幾個智力障礙的聽障者，讓妻子的叔叔、大學同學的親家、女婿的恩師、丈人的學弟難堪嗎？就為了找回正義和真相？妳覺得對於這些人而言，學院的校長和身障者的人權是一樣的嗎？」

徐幼真以有點驚愕的表情看著姜督察。姜督察這才發現自己舌頭太長，說了太多話，又彷彿內心遭到譴責一樣，緊咬著下嘴唇。

「你現在，是給我……忠告嗎？」

徐幼真這樣問，姜督察語調變得柔軟。

「算是吧！抱歉我離題了。會說這些話，是因為妳和我很久以前過世的妹妹同年紀，妳父親是徐甲東牧師也是不久前……」

她沒想到會聽到這些出乎意料的話。她有點困惑，不曉得這代表什麼意思。

「妳的行為太過……該怎麼說呢？為什麼放著好走的路不走，一定要過得這麼辛苦，像笨蛋一樣。這種愚蠢的想法或是愚蠢的行為，就像是剛當警察的菜鳥前一、兩年的想法，是二十幾歲應該要放棄的東西。結婚之後，生了孩子，父母親生病之後，不應該再愚蠢了。可是妳，離婚了，孩子生病了，妳還這樣做……真是不可思議。再加上妳不是男人，是女人！」

徐幼真沒說話。姜督察接著說：

「我雖然喜歡女人，只要看到漂亮的女人就無法自拔；而我看過的女人，還有人為了自己喜歡的男人，願意參與犯罪，除此之外什麼都不管。有時我想，妳又不是很漂亮，怎麼會有這種膽量過生活。尊敬女人這種事，我在國小一年級就當它不存在了。當時有個女老師因為我們家很窮，母親從沒有帶一點小禮物到學校孝敬她，經常在其他孩子面前讓我丟臉，不然就打我。所以我實在很好奇。我不了解妳，不過妳好像並沒有從政的想法，妳該不會是想要用這種純真的方法改變世界吧——」

「喂——」

徐幼真盯著在紅燈前踩剎車的姜督察，打斷他的話。然後垂下眼簾，看著起霧的街道，緩慢而清晰地說：

「想改變世界的心情，從我父親死後我就放棄了。我現在只是為了不讓別人改變我而奮戰。」

100

海水從蘆葦田之間的水路進入陸地，碰撞到船舷後發出啪啦聲。只有這聲音暗示著海洋的存在。月光之下，蘆葦田一片廣闊。在蘆葦田的盡頭，是地球上最龐大的事物，海洋。

姜仁浩坐在堤防上。身邊是兩支剛剛喝完的燒酒空瓶。夜晚的風變涼了，從蘆葦田吹了過來，風輕撫著他的後腦勺，激起他一身的雞皮疙瘩，喚醒了他麻痺的感覺。他掏出香菸盒，只剩最後一根菸了。他坐在這裡的時間已經抽完了一整包菸。

偶爾就會經歷像那天在法庭發生的事。事情會突然翻覆，就像海潮將海底攪亂，顛覆了存在本身。以為已經遺忘的過去，就像幽靈一樣出現，不管喝了多少酒，喝得醉醺醺時，心裡都有一個人頑強地丟出問題。一路走來留下了不少鮮紅的傷口，沒有治療，散發出惡臭味。

他不曉得明天該怎麼去學校見同事和同學？涼風吹拂，他卻有燃燒的感覺，像用冰冷的腳丫踩在熱騰騰的柏油路上，腳底非常滾燙。身為對學生性暴力讓學生間接致死的老師，他遭指指點點的畫面不分日夜在他眼前出現。想到要面對聰明伶俐的妍豆、妍豆的父母和民秀，他就覺得驚恐。還有在辦公室坐他旁邊的朴慶哲老師，用尖銳的眼神敵視著他。光想到這些眼神，他的身體彷彿已被碎屍萬斷了。他將自己融入黑暗和潮濕中，蜷曲著，讓身形愈縮愈小。

現在只能回到住處，打包行李丟進車裡，然後遠走高飛。然而就算要離開，就算下定決心，卻又無處可去。即使回首爾家裡，妻子又會用霧津的事來大做文章。回到那裡還要費力解釋，留在這裡似乎還好一點。嘗試辯解只會徒招侮辱，罪行依然明確。無法向前走，也無法向後退。他耳邊響起陣陣低語：讓黑暗籠罩，走進海裡，永遠沉睡，或許會更舒服。

他慢慢地想起那些日子。晚春，不，還是初夏呢？總之氣溫突然上升，異常炎熱的天氣。他的部隊再次發布了甲級緊急命令，外出、外宿和外電全部禁止。他知道明熙這個週末會來到部隊前等他，明熙去年考大學失利，今年還要重考。可是當時他的心思都擺在找他麻煩的長官身上，為了不讓自己變成殺人犯，他每天都要拚命壓抑自己。在酷日下行軍時，他總要和自己來一番唇槍舌劍——你這狗娘養的，去死吧！殺了你！去死吧。不久後他收到明熙寄來憂鬱的信。父母對於沒考上大學的她，每天都投以輕蔑的目光。考上知名大學的哥哥和姊姊也這樣看待她。還有上次和父母吵架時，她丟出了炸彈宣言，說要放棄上大學，準備嫁人，跟不可置信的父母提到了姜仁浩老師這個名字。還說下次放假時拜託他去見她的父母。他對結婚一事也像她的父母一樣覺得太不可置信。二十五歲，身為大韓民國陸軍步兵，完全無法想像自己的未來；這個未來若要再加上一個明熙，實在太難了。因此明熙來找他時，他藉口生病不去會面。明熙下個星期又來了，他還是沒出去。她寫了更多信，是悲傷沉重的重考生的信。他沒回信，就隨便看一看，撕成碎片丟在廁所的垃圾桶內。有一天他收到了明熙的最後一封信，說大學考試再度落榜，口氣意外冷淡。他以冷淡為藉口，認為自己忘了她也無所謂，減少了一些自責，偶爾也祈求她可以得到幸福。就是這樣。可是當他退伍後，巧遇的學校老師捎來消息，說她在那一年秋天自殺了。

夜晚的風輕拂過他的脖子。他握著空菸盒望進黑暗，黑暗之中浮現了一個影像，那是明熙的臉。現在回想起來，她的臉就像他現在的學生一樣年輕。不曉得當時自己的臉是不是也一樣這麼年輕。她留著學生頭的臉像氣球一樣大小，在黑暗之中緩慢飄浮。他望著這個影像，久久觀看。為了念出她的名字，雙唇觸碰的瞬間，全身有種被擰乾的痛楚向他襲來。他這才了解，從明熙在烈日下的營區大門等待他的那天起，他肋骨深處的罪惡感已經開始成長，長期在他的內臟空隙內長大，長成霉黑色的腫瘤，這腫瘤的名字就叫做張明熙。這名字從他丹田下湧出，衝撞他的肋骨，燒灼他的喉嚨，從他口中吐出——

「明熙……對——對不起！對不起！真的很對不起！」

101

徐幼真坐在姜仁浩住所大樓入口的樓梯上。象牙白風衣外套上的白圍巾就像投降的旗幟在風中飄揚。她看到他走過來，從樓梯上起身。

「你還好嗎？」

他簡短地回答「嗯」，就朝著入口走去。

「姜老師，仁浩啊！我們談一下吧！」

「我現在很累，以後再說……」

他走上大樓的樓梯，感覺到她跟在背後。他沒回頭，停下來說：

「妳想被拍下照片，放到網路上嗎？」

她沒回答。突然間，他湧上一股怒意。

「這樣是希望妻子跟我離婚嗎？」

他的聲音超越想像的激烈宏亮，撞擊在灰漆斑駁掉落的庶民大樓牆上，回聲震耳。

徐幼真沒說話。他這才回頭看。她站在兩階樓梯下看著他，露出無可奈何的悲傷表情。他對於自己失控的大喊大叫感到抱歉，只好轉身走下樓梯到中庭。中庭也被霧籠罩了，潮濕陰冷。兩人坐在長椅上。霧的威力遮蓋了光線，微弱的單盞路燈以「好歹我也是燈」的表情站立著。

姜仁浩打破沉默。

「我的父親是國小老師。現在回想起來，在朴正熙政權下供應我和姊姊念到大學畢業，父親要對多少的不義睜一隻眼閉一隻眼，要將多少的自尊丟到垃圾桶裡面。可是這個姜仁浩對於教職沒有太大的興趣，只不過是為了混一口飯吃才來到霧津，結果卻化身為鬥士。我想我的父親一路走來是如此畏怯，但也因為這樣，我才能順利完成大學，沒吃什麼苦頭地走到現在。可是徐學姊，妳父親是清廉、正直、知名的牧師，妳說他過世後，妳們才貧窮辛苦地過日子。我不曉得。如果只有我一個人的話，我願意戰鬥，可是我們世美……我沒有勇氣為了守護不怎麼了不起的正義，讓我們世美變得可憐不幸。那個孩子總有一天會看到今天網路上登的故事，我身為孩子的父親，如果效法徐學姊的父親那樣——」

徐幼真轉移話題，語氣冷淡。

「剛才你走了之後，我接到消息說天空生病了，我跑了一趟去霧津大學醫院急診室。」

姜仁浩點上一根香菸，聽到這個消息，他煩躁的表情瞬間僵住。

「這個孩子每次只要去醫院，至少都要住院三個月，還好這次只是感冒，打針吃藥後就退燒了。我母親也受驚了。天空吊點滴，我拜託醫生也幫母親打點滴。現在我母親和天空都睡了，想說跟你一起吃個晚餐，我看你家的燈沒亮，所以就在這裡等。」

「妳女兒沒事那真是太好了。很抱歉，我現在吃不下。」

她嘴角揚了一下。

「是啊！我也是。」

她抬頭望著天空。

「仁浩——琉璃的奶奶也簽和解書了。」

姜仁浩一驚，手上的香菸差點掉到地上。徐幼真一句話也不說，只是看著夜空，像鬼魂一綹綹白髮絲的霧，在虛空中擴散滲透。他的眼前浮現了琉璃家鄉下的房子。用塑膠布覆蓋的屋頂，屋內有人久病的氣味，琉璃的奶奶像耙子一般的手……

「可是不能怪琉璃的奶奶。」

姜仁浩無力地用手抹著臉。

「檢察官說，不曉得是幸還是不幸，因為琉璃有智力障礙，就算有和解書，起訴依然成立。但我們要有心理準備，這一定會對判決造成影響。」

徐幼真慢條斯理地繼續說。

「我本來想追問檢察官，為什麼孩子長期以來遭受性侵，只因為一張和解書就放過犯罪者……後來想想便作罷了。檢察官沒有錯。對吧！檢察官也沒叫他們寫和解書，只要有和解書就沒有刑責的法律也不是他立的法。他只是盡忠職守罷了。」

她自己想想也覺得太離譜，笑了起來。

「很可笑吧？所有事情到底是怎麼回事？到底誰要為這些事情負責？姜督察是延誤調查，也不是不辦，只是慢了點，還有點不積極罷了。黃大律師一輩子只有一次的前官禮遇，和他的無數同學和學長姊一樣，使用這唯一一次的機會。聽說他是偉大的法官，因為清廉，沒存到什麼錢，以後要轉任律師，在首爾江南的法院前大樓開個事務所。這個費用對清廉的法官而言是一筆巨款。他拒絕富貴，二十年來為國家奉獻，應該有資格領取這樣的獎金。不，就算不是物質的理由，對他而言，他也只是保護五十年來負責霧津福祉的李江碩兄弟。或許是判定可以替自己的故鄉霧津做一些偉大的事，所以不能因為幾個身障兒童，就讓長期以來慈愛學院的奉獻化為烏有，毀了霧津名人和霧津的名譽。

「婦產科醫生也是一樣。不可能因為精神狀態不佳的少女的處女膜破裂，就將同學的丈夫，也是霧津高爾夫球場上常碰面的人，推進侮辱的深淵之中。她不必用自己的眼睛目睹強姦現場，也不必將血流如注的孩子帶去醫院。朴老師和潤慈愛實際上很喜歡校長和行政室長，認為這是在污衊他們崇高的人格。對，只能這麼想。

「你知道最可笑的是什麼嗎？父母簽和解書起訴就無效的法律，並不是檢察官立的法；法官也無法審理檢察官不起訴的事件。可是在這裡姜老師做錯了一件事。對學生性暴力，不，不管事實的真相如何，最後她自殺了；還有和我經常深夜待在同一個房內，兩人可能有姦情。這是嚴重的錯誤。這宗案子到頭來揭發的唯一真相，是發現姜仁浩實際是個壞人。」

說完這話，徐幼真笑了。他笑不出來。

「可是啊！我愈來愈不了解，這案子又不是意識形態，也不是哲學問題，只是污穢的性暴力問題，為什麼有這麼多聰明人願意赴湯蹈火呢？」

姜仁浩回答。

「我也判斷錯誤了。我以為這是理所當然的常識，非常簡單，誰曉得竟會變成如此**沒意義**的戰鬥。」

徐幼真露出苦笑。

「我一直在想，我一定要繼續這次的戰鬥。不是為了和他們戰鬥，是為了妍豆、琉璃，還有民秀。為了海洋、天空，還有世美。也是為了剛剛在霧津大學醫院看到的剛來到這個世界、安靜沉睡的新生兒。也為了我父親……嗯，今天為什麼老提到我父親……姜老師，我想明確告訴你，我從來不曾因為我的父親而變得可憐或不幸。如果你要說貧窮，那在我們這個腐敗的國度，貧窮就是想要好好表現卻遭到解僱、事業失敗、幫人做保不幸破產；要不然就是生來就貧窮。就算我父親依附政權佈道，也不能保障我們不會貧窮。早年失怙，這是古今許多孩子的命運，他們的父親可能是遭受嚴刑拷打而死、因病去世、意外死亡，或者自殺。我父親的生命和死亡讓我經歷了半數人類不得不經歷的貧窮，孤兒寡母相依為命，卻反而讓我成為高貴、讓別人為之驕傲的人。因為我的父親，我才不至於成為單親家庭長大的乖僻女孩。如果說我曾覺得自己可憐不幸，那就是我明知不該，卻選擇和現實妥協的時候。」

姜仁浩的背脊起了雞皮疙瘩。他能感覺到，她問了自己多少次這樣的問題，自己的內心有多麼混亂衝突，自己一個人孤獨走了多少路，才下了這樣的結論。

「姜老師，雖然很辛苦，讓我們一起努力吧！努力到最後吧！就算法庭行不通，還能站上街頭，還有輿論媒體！我不能把孩子丟給那些豺狼虎豹。姜督察這樣告訴我：對法官、檢察官和辯護律師而言，學院理事長家族的人權和耳聾孩子的人權是一樣的嗎？還說我們絕對贏不了。是嗎？很好。就算對於法官、檢察官和辯護律師而言是不一樣的，但是對我們而言，理事長的人權和耳聾孩子的人權都一樣，沒有一公尺或是一公克的差別。我要為這個戰鬥。」

徐幼真說完話後伸出手，有一種徵詢的表情。

姜仁浩專注地望著她，不得不伸出手來，兩個人堅定地握了握手。握手時看見他沒有自信的表情，她嫣然笑了。

「我啊，只要想到以前你在學校時說我總是對的，而你覺得很有負擔，就經常捧腹大笑。」

終於，兩人一起大笑。

102

一整個晚上，姜仁浩睡不成眠，雖然是意料中事，然而做了整晚的夢，片段模糊的噩夢踩著他的頭走過，讓他頭暈目眩。在洗臉台洗臉，看著鏡子，一個晚上臉頰就消瘦了，皮膚也變粗糙，頓時老了好幾歲。他又有了想逃離這裡的念頭。想像著自己抵達學校朝著校園走過去時，同事和同學的目光就像毒箭一樣射過來，將他一點一滴麻痺。

此時手機響起，出乎意料是妍豆的母親。她說琉璃身體不太舒服，要到霧津大學醫院去，自己沒有車，因此已經向教務部長請得許可，由姜仁浩老師出公差帶琉璃到醫院。妍豆的母親仍然用相同的口吻對他說話。她聽到昨天的審訊消息了嗎？可能，可是她並沒有提起任何不尋常的事，只用溫柔的聲音說：「老師在的話，我就覺得很安心。」姜仁浩在瞬間了解到，這趟公差或許是徐幼真、崔牧師和校內連署請願書的老師對他的特別關照。

先去載了妍豆的母親，姜仁浩把車子靠近慈愛院時，琉璃一拐一拐走了過來。他以為是腳受傷了，不過原因卻是外陰部。上次開庭作證後，琉璃因為受到衝擊，接連不斷生病，身體狀態不佳，最虛弱敏感的部位開始發炎發癢。無法忍受的琉璃用手抓，傷口上出現了像孩子拳頭般大小的膿包，嚴重惡化。在慈愛學院的醫護室擦了便宜的藥膏，也是傷口惡化的原因之一。在霧津大學醫院急診室脫掉衣服接受檢查，琉璃的外陰部浮腫化膿，看起來很驚人。雖然不是大手術，但是需要開刀。首先要住院。

做完簡單的手術後，琉璃轉到恢復室。她哭著說好痛，打完止痛針後，才開始打呵欠。好幾天沒辦法入睡的琉璃眼睛凹陷。姜仁浩突然想起民秀說他弟弟永秀被朴寶賢性侵後，痛到無法走路。

——**很痛嗎？現在好一點了吧。**

姜仁浩比著手語，幫忙蓋上被子。琉璃眼睛含著淚水，羞澀地笑了，細長的眼睛看起來就像奶奶。他快速避開視線。想起徐幼真說過的話：**琉璃是智障者或許是件好事**。不曉得和解是什麼的琉璃，扯著望向遠方的老師的衣袖。他回神時，琉璃比著手語說：

——**老師，你不要難過。**

他不曉得是什麼意思，琉璃再次說：

——**妍豆跟其他孩子昨天晚上都好擔心老師。不曉得老師是不是很難過，因此我們決定要好好聽話，也會更用功讀書。老師，你不要難過。大家說今天我看到老師一定要轉達這句話。**

琉璃說完之後，像一般人一樣在頭上比個大大的愛心。他忍不住過去抱住琉璃。這幾天因為開庭和傷口的緣故，不能成眠的琉璃變得像蝴蝶般輕盈。當琉璃的身體輕觸到自己時，他心裡的某個角落激烈地顫抖著。當時他才了解自己有多麼愛這些孩子。

103

想像總是能把恐懼放大，自己嚇自己。你明明知道，還是自己騙自己——這就是人生。因此，姜仁浩隔天早上到學校上班時，周圍沒有什麼特別的反應。隔壁坐位的朴老師和潤慈愛仍然對他投以敵對的眼光，不過他們在這件事發生之前早就這樣了。

「姜老師，辛苦了。不要擔心別的事。我們學生昨天晚上已經在網站上寫了許多留言，大力反擊了。」

在記者會一起簽署請願書的幾位老師走過來鼓勵他。

姜仁浩打開電郵，就像郵筒裡裝滿了信件一樣，孩子們前一個晚上寫的郵件塞滿了收件匣。

104

霧津地方法院前人群聚集，電視攝影記者、媒體記者、各種市民團體和靈光第一教會的信眾，全都集結在這兒。天氣好得不能再好。如果有人提到韓國的秋天，就會讓人讚嘆一聲，聯想到蔚藍的天空，清涼的微風，從海邊吹來的新鮮空氣；還有公路兩邊的田野，熟透的稻穗呈金黃色，海邊蘆葦田的地底下，細長的根交互相纏，將大海阻隔在外。

法庭裡，法官知道這件案子備受媒體和輿論矚目，因此刻意表現出比平時更嚴肅的樣子，結果反倒看起來僵硬許多。法官拿出判決書時，法庭一片寂靜。

「被告身為聽覺障礙者教育機構之教育從業人員，卻忝不知恥性侵年幼的聽障學子，罪行惡劣至極。再者，肩負著指導和保護身障兒童的社會責任角色，卻視被害人為洩欲對象，加以強制性侵或性虐待，理應求處嚴峻刑罰。本庭認定被告確實對學生造成傷害，惟考量被告對於地區社會有極大之貢獻，三人俱無前科，且受害學生之監護人，考量被告對自己孩子的照顧，故提出和解書，請求本庭勿對被告施以刑責。最後，其中兩位被告是慈愛學院創辦人之子，父親年老病危，希望能盡臨終守護之責。至於被告朴寶賢，本庭認定其身為生活輔導教師，卻連續性侵多名學生，罪證確鑿。由此，本庭宣判如下：被告李江碩，判刑兩年六個月，緩刑三年；被告李江福，判刑八個月，緩刑兩年；被告朴寶賢，判刑六個月，不得緩刑。」

法官宣判結束，手語翻譯員比出最後的數字和緩刑時，法庭內叫喊聲此起彼落。

「還敢說沒前科！十多年來性侵了數十名學生，居然還給予緩刑！」

法警試圖制止，然而騷動沒有輕易平息。高喊聲和「哈利路亞」聲交雜，法庭幾乎快要失控了。李江碩、李江福兄弟對黃大律師微笑握手。姜仁浩看著獨自要去服刑即將前往拘留所的朴寶賢失魂落魄地望著空中，他老鼠般的眼睛含著淚水。明明是三名被告，接受刑罰的只有他一人。他身旁的義務辯護律師還是一副沒睡飽的樣子，面無表情地整理著公事包。姜仁浩走出法庭時，聽見妍豆母親的啜泣聲。庭外，霧津靈光第一教會的信徒唱著讚美詩。

天空泛著鐵青色。

105

姜仁浩遭到解聘，正確地說是收到約聘老師解約通知，是隔天上班之前在門階上發現的。解聘的理由是破壞學校法人的名譽，以及個人品行不良。另外四位和姜仁浩一起站在學生那一邊的老師也被解僱了，其他消極協助的老師也遭到減薪。那天之後，慈愛學院的校門緊緊關上，家長的示威隊伍出現在校長和行政室長上班的路上。校門也安排了警察。遭解職的老師們每天都站在校門前。學生們趴在教室窗戶上從遠處看著自己的老師。

幾天後，那天慈愛學校的午餐是海帶湯和蛋捲。可是廚房助手到冷藏室拿食材時，卻發現自己早上買來的十盒雞蛋憑空消失了。她將這事向廚房長報告，瞬間，通往一樓校長室的走廊傳來急促的腳步聲。第二節下課時間，三十多名學生踹開校長室的門，走了進去。剛好潤慈愛也在座。

「你們要做什麼？」潤慈愛大叫著。

——**我們不能接受骯髒的人當我們的校長。**

——**讓校門外我們尊敬的老師進來。**

——**說我們是騙子的校長和行政室長必須道歉。**

李江碩以冷冷的目光拿起話筒呼叫警衛。

「是我。你們在做什麼。這裡的小鬼衝到我辦公室來了。快叫老師還是叫校門的警察過來。我還需要對付這些小鬼嗎？我不在的這段期間，紀律如此敗壞嗎？」

有一名男學生將沙發推到門口擋住門。本來看起來氣定神閒的校長，臉色頓時慘白。

「慈愛，快點叫他們出去。」

校長的語氣充滿著恐懼。

潤慈愛用手語轉達校長的話。孩子們怒視著校長。此時職員和警察來了，門外傳來敲門的聲音。

孩子們一步步靠近校長和潤慈愛，眼中充滿著憎惡和憤怒。

——**這是你蹂躪小琉璃的桌子嗎？**

一名男學生用手語問潤慈愛。李江碩看著潤慈愛，潤慈愛猶豫了一下隨即翻譯。

——**不是跟我們說，如果我們膽敢告訴別人就不放過我們嗎？**

妍豆目睹校長性侵琉璃的那一天，在窗外也一起目睹的一名男學生說。

——不要再鬧了！

潤慈愛對他們說。有一名男學生突然衝向潤慈愛。

——**是妳指使我們的女朋友將妍豆帶到洗衣室吧？還在那裡拷問妍豆？**

——**妳說聾人本來就很亂？**

另一名男學生的手語愈比愈激動，他將身體靠近潤慈愛的方向。

潤慈愛猶豫了一下，快速跳開，用力推沙發試圖轉開校長室的門把。這舉動切斷了緊繃的沉默線條。受到潤慈愛想逃的肢體動作所刺激，男學生將這視為攻擊的信號彈，將手上的雞蛋和麵粉丟到潤慈愛身上。原本是想要嚴懲校長李江碩才聚集在這裡，現在忘了躲在書桌底下的校長，孩子們大力地蛋洗潤慈愛。

106

三十名學生全以暴力罪起訴。那一天遭受蛋洗的潤慈愛的照片刊登在《霧津日報》之後，同情孩子和慈愛學院對策委員會的媒體急速冷卻。

慈愛學院的事件要延燒到何時？
和案件無關的年輕女老師遭到學生施暴！
市民們，他們怎麼可以！

披頭散髮、全身上下滿是雞蛋和麵粉的女老師照片，帶來的感受是煽動和衝擊。那一天警察強制破壞門把，打開門扇時，潤慈愛尖叫著衝進淋浴間，清洗之後前往霧津警察局，從容地寫著調查報告。但不曉得為什麼隔天就住進霧津大學醫院，醫生診斷需要四週才能復原。保守的媒體報導：「柔弱的女子之身，遭到大塊頭男學生施加暴力，全身瘀青挫傷，眼角有撕裂傷，罹患了畏人症，預估需要相當長的恢復期。」報導接著說：「施暴學生事後已繳交了自省書，惟學校當局表示將會調查事件背後是否有人教唆，務必糾正恢復慈愛學院之紀律，絕不寬待。」

慈愛學院的事件已經到了無法挽回的局面。家長將孩子從宿舍帶走，拒絕返校上學。有錢的父母將子女轉學到其他都市。被解僱的四位老師，結合家長和學生，在霧津市教育廳前搭起帳篷，示威抗議。

成立公立身障人士學校
讓遭受不當解僱的老師復職
我們無法回到讓性暴力老師復職的學校

教育廳依然拒絕和他們對話。學生仍然每天早上聚集在帳篷內，家住得遠的學生，就在崔約翰牧師臨時籌備的教會解決住宿問題。

在帳篷內放上一塊黑板，課程於是開始。第一節課是性教育，第二節課是民主，一節節排下去。溫度漸漸低了，然而棚內充滿了孩子和老師的熱情，舒適又溫暖。孩子比住在慈愛院時笑得更燦爛，大家分享食物，就算只有一碗泡麵也一樣。姜仁浩會教孩子保羅・艾呂亞、傑克・佩維特或是白石[5]的詩。

107

氣溫從晚上開始驟降，氣象預報說山區會出現今年的首度結冰。這天下午，姜仁浩的妻子來找他。自那天她歇斯底里打電話給丈夫之後，已過了兩個月，期間她避免任何聯絡，只除了打電話來問印章放哪裡，好去辦印鑑證明，還有說明今年冬天父親的七十歲壽宴決定用旅遊代替。

姜仁浩背著長途坐車疲累睡去的世美，爬上大樓階梯。世美變重了。妻子猶豫一會兒，慢慢跟在他身後。

安頓好之後兩人面對面坐著，妻子低聲說：

「好久不見了，你……好像不常回這裡，感覺好冷清。」

妻子的話是事實。姜仁浩晚上幾乎都在帳篷那邊，因為總得有人留守，不保證會有晚餐。這差事通常落在姜仁浩身上，因為他是一個人住。

「對妳，很抱歉……」

他本來想要點菸，看到熟睡的世美，又把菸放到外套口袋內。

「真的嗎？」

妻子問。他思考妻子這樣問的含意，之後才開口。

「對妳很抱歉。對世美也是……因為這些傳言讓妳很不好過。」

妻子暫時緘默。兩人像離婚很久的夫婦一樣，一言不發。

「遠房親戚的表哥來了，總之是我媽媽娘家那邊的親戚，小時候我們很親。表哥當完兵就去了美國，在那裡非常成功。十年來第一次回韓國，我才剛跟他見過面。表哥想在中國開設行李箱工廠，需要在韓國先成立公司。」

妻子再次凝視著他，用深思熟慮後特有的安靜聲音有力地說道：

「換句話說，他在韓國這裡需要一名經理，而且要有在中國經商的經驗。表哥想跟你見個面。他三天後回美國，回去之前要做個決定。沒什麼時間了，所以我才過來找你。」

姜仁浩低頭不答。

---

5 白石（1912-1995），本名白夔行，北韓詩人。他出生於平安北道定州市，一九三六年出版了第一本詩集《鹿》，十分擅用平安方言。其作品在南韓長期禁止出版，直至一九八七年經過廣泛評估後才在南韓通行。他的作品被視為是開創朝鮮現代主義，同時保留方言的文化遺產。

108

和妻子躺在一起時傳來手機的震動聲。他拿起手機，螢幕上徐幼真的名字閃爍著。他發現妻子看見名字後有些緊張。他按下拒絕鍵，想躺回妻子身邊時，手機又開始震動。又是徐幼真。他有些不耐煩，不過卻猶豫了一下，不曉得是不是有緊急狀況，不過妻子伸過手來，蓋上了手機。妻子眼神哀求著，試探他，警告他，如果不接受這個請求，兩個人的關係會更緊繃。手機又再次震動，他關掉電源。他感覺到妻子的肩膀放鬆了。

他側躺著，試著將一隻手放在妻子的胸脯上，意外地，妻子沒有拒絕。妻子的身體好熟悉好溫暖。他爬到妻子的身體上，這才了解到自己依然年輕的身體有多麼懷念妻子，他感覺到妻子也一樣。溫存之後，兩個人無言地擦著汗，在被子內手牽著手。

「明天回首爾吧！聽說你被解僱的消息，我一直在等你。沒想到你居然不回家？」

妻子用想睡的聲音說，彷彿一次的情事就讓彼此回到之前的位置。他沒回答。在黑暗中，徐幼真、妍豆、琉璃和民秀的臉像燈火般鮮明浮起，像遠處燈塔的燈一樣閃閃爍爍。

「好嗎？答應我。用世美發誓，答應我。老公，仁浩。」

妻子嬌媚地說，雙手環繞他的脖子。妻子手臂柔軟的肌膚滑過他粗糙的臉上時，散發出痱子粉的香味。

「好啦，先睡吧！嗯？我們明天再說。」

「不要，你現在答應我，不然我不睡了。」

妻子就像戀愛時一樣發著嬌嗔。所有事似乎都回到離開霧津前的樣子。妻子鬆開纏繞在他脖子上的手，激動地啜泣。

「我做夢都沒想到你會變成社會運動分子。你不是很討厭這些人嗎？不是說他們對孩子不負責任嗎？」

「妳累了，先睡吧！我去抽根菸就回來。」

他用嘴唇輕觸妻子的額頭，拿起手機走到陽台。妻子的聲音尾隨在後。

「你也要戒菸。我打聽到了一家很會做戒菸針灸治療的醫院。」

拉上陽台的門，妻子的高音消失了。他點上菸，不知不覺地望向徐幼真住的那棟大樓。

她家好暗。她到底在哪裡？他長長吐了一口煙後開啟手機。手機突然開始震動。隨著每一次震動就會浮現徐幼真、崔約翰牧師和其他老師的名字，還有一通簡訊。

明天一早帳篷要被拆除。大家都要集合。要守護帳篷。幫幫忙。

他打電話給徐幼真。

你總是擔心地說，虛幻的夢想是毒藥。

世界就像是已經寫好結局的書，已經無法改變的現實。

是的，我有夢想。我堅信那個夢想……

聽著手機的來電答鈴，他想起那天晚上，和娼女短暫的交會……

「嗯，姜老師，我知道你很久沒跟你太太見面了，很抱歉打擾你們。可是明天是霧津民主化運動二十八週年紀念，他們似乎計畫在儀式舉行之前，一大清早就來拆除帳篷。而且還不是警察，是拆除大隊。你也知道這些人有多殘忍。回家的人現在都來了。就算老師阻止，學生們也堅持要來這裡，幫忙守護。可是現在男人太少了，姜老師，你應該要過來。實際上我必須承認，這種事我也是第一次……」

可以聽見風吹著帳篷的聲音。聽得見她牙齒打顫的聲音。透過陽台玻璃門，姜仁浩望見在屋內熟睡的世美和妻子的臉。溫暖的裡面，酷冷的外面；明亮的那裡，黑暗的這裡——兩者壁壘分明。

「我現在不能去，不過破曉時會過去。可是妳為什麼抖得這麼厲害。不要害怕。學姊，妳很勇敢啊！」

「是嗎？我在發抖嗎？真奇怪。不過我經常覺得害怕。其實是今天晚上太冷了。總之，你一定要來，一定要來。」

徐幼真的聲音聽來很開朗。

「我會去。雖然會有點晚，不過算我一份。」

她笑了一下說：

「對，雖然會有點晚，不過一次也沒缺席的就是姜仁浩！」

109

親愛的：

除了戀愛時我去中國出差那段時間，這好像是我第一次寫信給妳。該從哪裡說起呢？就從霧津、霧，還有在霧中發現的某個希望或是另一個我開始說起吧。

剛到這裡來時，我像是一頭落敗的禽獸，資本社會在我肚內留下的那塊瘤，我必須把它吐出來。我像一隻夾著尾巴的狗，四處張望，尋找食物。可是我教導的學生發生了這些事時，我突然知道我體內的某種東西甦醒了。該怎麼說呢？渴望正義、神性或是更尊貴的某種東西……我生平第一次發現想要為某個東西努力的自己，那個東西既不是錢，也不是快樂，甚至還有些痛苦。然而在過程中，我體會到自己是個人的喜悅，而且還是個相當有尊嚴的人。這是我從未感受到的情緒，這並不陌生或是特別珍貴，而是本來就存在我的體內，我了解到為了別人，並肩一起戰鬥時，是我最喜愛自己的時刻。因此身為一個有尊嚴的人，我想要對抗那些踐踏他人尊嚴的人。這不是我人生中什麼了不起的事，因此我想完成自己已參與的這件事，不為別人，而是為自己。如果能看見孩子不會再遭遇這些事，可以在良好的條件下讀書，這些痛苦就會幻化為美好的回憶。

世美的媽，我無法親口告訴妳我想要前往的路，是對我們家人正確的路，真的很遺憾。如果說我是為了世美而做，妳會相信嗎？中國工廠的事真的很謝謝妳，請代我向表哥說聲對不起。

如果我現在離開的話，我就還是對學生施以性暴力的噁心傢伙；那個來到霧津賺取微薄月薪，遭受不當解職，只為了尋找下一餐的落敗禽獸。也許我變成一個不滿意於自己竟挫敗於資本社會、如今也受挫於野蠻的人。不曉得妳能不能了解，如果我這樣回去的話，就算我能賺進數十億，我也不會幸福。

親愛的，那些孩子晚上上課的帳篷要被拆了。他們才剛從受虐和傷痛中走過，對我而言，他們就像世美一樣。有些老師也在那裡，他們因為敢言明辨而遭受解職，對我而言，他們就像是妳。

妳醒來的時候，或許我已經不在了。妳帶世美回首爾吧，請耐心等我，應該不會太久。我答應妳，我會以更堂堂正正、更帥氣的爸爸和丈夫的姿態回去。

世美的媽，我不是揮舞著旗幟的英雄，我只是不忍看見年幼虛弱的孩子遭人踐踏。霧津教了我這些。我相信妳會幫我守護我的自尊，請妳相信我。

愛妳的丈夫

他將信摺好，放在沉睡的妻子頭髮邊。在窗外微弱的路燈照映下，他看著世美的臉，小時候像他，現在卻長得更像媽媽了。

「你不睡嗎？」

妻子半睡半醒的聲音。

「嗯！你快睡吧！我還有事要做。」

「抱我。我做了奇怪的夢。」

妻子的要求像自己來到霧津前那樣。對妻子有歉疚的他掀開被子，躺在妻子身邊，妻子埋在他的懷裡，雙手環抱他的脖子。他輕拍妻子的背時，寫給妻子的信就在身旁，信在黑暗中隱隱望著他。窗外的風聲呼呼作響，似乎聽見徐幼真電話那頭傳來帳篷拍打的聲音。風勢更強勁了。愈接近凌晨，天氣愈寒冷。非得這樣做不可嗎？有人問。**是的，一定要這樣做**。他回答。**真的？不計代價？確定嗎？**有人再次問道。可是他無法回答：**「真的！不計代價！沒錯！」**

他閉上眼睛。

110

黎明就像沾塵的披風，無聲無息地披覆在窗戶。

「他們為什麼都不睡覺，拚命打電話？到底是誰？霧津都是這樣的嗎？」

不曉得是不是因為手機的震動聲沒睡好，上完廁所回來的妻子氣呼呼地。

他這才拿起手機，徐幼真、徐幼真、徐幼真、徐幼真、徐幼真……許多未接來電紀錄。最後一通是清晨五點十五分，之後就沒有任何紀錄了。他無法想像五點十五分之後發生了什麼事。窗外的天空飄著雲朵，風勢猛烈地吹襲，吹落了沒固定牢靠的東西。還沒完全變色的落葉一一落下，飄盪在半空中。他聽到招牌掉落的聲音。他將放在妻子髮側的信摺起來走到陽台。風勢寒冷強勁，連濕氣都凝結了，格外陰冷。他點上一根菸，再次讀了信，然後將信撕成碎片，扔到陽台外。輕盈的紙片隨著強勁的風勢翻飛到空中。

111

帳篷被撕裂了，黑板也摔破了。這些孩子從沒見過執行公務的拆除大隊，他們被揮舞棍棒的大軍推到一旁，跌倒在地，五個人被強制帶走。崔秀熙獎學官在上班途中經過這裡，看見帳篷所在的地方停了一台大型垃圾車，搖搖頭說：

「我最討厭骯髒麻煩又胡作非為的事了。」

112

霧津民主化運動二十八週年紀念預定早上十點在市政府前廣場舉行紀念儀式。姜督察繃緊神經，情資顯示，聾人、慈愛學院的學生家長和各個市民團體將在預定時間再次集結在市政府前廣場示威抗議。電視和報章等大眾媒體也會全員出動採訪，據說連總理都會出席紀念儀式。如果示威活動失控，對他以後的升遷相當不利，他當然不希望名列新任長官的黑名單，這位剛赴任的新長官動不動就強調要剷除腐敗勢力。從現在開始的六個月，他說的話聽聽即可，但自己的行為還是要步步為營。

113

再次打包行李，姜仁浩很訝異怎會多出這麼多生活雜物。將棉被和筆記型電腦放到車子行李箱，回頭環顧檢視，在餐桌也是書桌的桌底下發現了粉紅色的緞帶，那是妍豆綁在寫給他的那封信上面，那封開頭寫著給我們的姜仁浩老師的信。他彷彿聽見粉紅色緞帶傳來少女呵呵呵的笑聲。緞帶上還掛著綠豆般大小的鈴鐺。他撿起緞帶，走到垃圾桶前。最後還是把緞帶放入口袋內，久久站著不動。

114

「要我開車嗎？你的臉色很難看。」

妻子問道。

他不發一語地坐上乘客座。妻子把世美安頓在後座，爬上駕駛座，發動車子。

「你昨天晚上幾乎都沒睡……我一點也不意外。我只要跟著導航系統開就好了，你不用擔心，睡一下吧！雖然連再見都沒說，有點過意不去，以後有機會再來就好了，對吧？」

他回答「嗯」，然後閉上眼睛。

115

「接下來，由總理代替總統朗讀紀念賀詞。總統非常願意來參加，可惜昨天出訪美國，無法與我們共同紀念。惟總統本人希望大家知道，霧津市過去二十八年在這片土地上推動民主、伸張人權的貢獻，是語言文字難以形容的。各位先生女士，讓我們熱烈歡迎總理上台致詞。」

總理在掌聲中走上講台，一陣風起吹倒了講台旁的一個花圈，紅色的花瓣隨風起舞。廣場上的人群中傳出低迴的講話聲，接著，遠處傳來了鼓聲。鼓聲愈來愈近。講台上的總理環顧台下的民眾，底下的他們看不見總理臉上起了雞皮疙瘩，因為很冷。

「來到我國民主聖地麥加，人權伸張的發祥地霧津，我個人深感光榮。」

116

示威隊伍敲打著鼓前進。隊伍大部分是由聾人所組成，因此沒有多少人可以跟著口號高聲吶喊。總之是頗為怪異又安靜的示威。

「我們想回學校！」

「不能把孩子交給犯了性暴力罪的校長。」

在遠處可俯視整個街道的丘陵上，姜督察拿著無線電，指揮安排在人行道上的警察。

「別讓他們靠近廣場。從那邊的十字路口把他們驅趕到教育廳那裡。如果有人受傷，那也沒辦法。趕走！被電視攝影機拍到就完了。」

姜督察拿著無線電激動地喊著。風勢更強勁了。鼓聲持續響著。姜督察在示威隊伍中發現徐幼真。她太嬌小了不太好認，然而跟預期中一樣，她站在隊伍的最前方，從遠處朝著這裡過來。她似乎在尋找某個人，經常東張西望。有時也向後看。**該不會還有另一個遊行隊伍會來吧！**姜督察咋咋舌頭。然後他感覺到銳利冰冷的水滴落在頭上和臉上。是雨嗎？**哈利路亞，連上天也要阻止示威**。姜督察笑著。他發現徐幼真輕輕地顫抖，他能清楚看見她的五官，緊閉的雙唇，難以捉摸的表情。姜督察希望徐幼真不要受傷，他拿起無線電靠近嘴巴。

「準備發射鎮暴水槍。三、二、一，發射。」

117

車子來到霧津市郊的山丘時，天空下起雨來，開到山頂埡口時，雨勢大到幾乎看不見前方路況。姜仁浩回頭看著迂迴曲折的山路，發現山底下的霧津已經被雲海淹沒。初次到這裡的那一天，他看到的是白色霧海，今天卻是黑色雲海。

「雨下得好厲害！」

妻子說。雨刷以飛快的速度來回刷著。他將手肘靠在下著雨的窗框上，撐著無力的頭。模糊的路標在風雨之中佇立著。海軍藍底的路標用比霧更慘白的字體寫著「您正離開霧津，祝一路順風」，姜仁浩把臉埋進雙手，久久無法動彈。

118

仁浩：

你過得好嗎？你離開已經六個月了。我到大樓去找你，隔壁的大嬸說你那天早上匆忙離開了。之後我打了好幾次電話都聯絡不上，有一天還發現這是空號，因此我才寫電子郵件。你過得好嗎？

昨天是妍豆父親的葬禮。妍豆父親握住妍豆和妍豆母親的手平靜地走了。他安慰我們，妍豆和妍豆母親身邊有很多好人，叫我們不用擔心。真是個大好人。從他的墓地可以眺望霧津的海邊。許多人都到了，葬禮結束後大家一起吃飯，妍豆突然跟我說，琉璃只要講到你的事就會哭。其實不只妍豆和琉璃，我們全部的人都想著你，唯一不在場的姜老師。不曉得為什麼你那天早上一句話都不說就離開霧津，但我知道你真的很苦。無論你是受到威脅，或是有不得已的苦衷，我知道你比我們更痛苦。依你的個性，如果約好了要來，就一定會來。我想你一定很難過。

說一說我們的故事吧！我想你一定很想知道。我那天因為違反道路交通法和集會遊行法被逮捕，這次卻遇到了個好法官。他判定我犯罪不是為了個人的利益，因此叫我繳罰款一百五十萬元。從罰責來看，比起沒有繳給國家一毛錢的李江碩兄弟，我是不是受到更重的刑罰呢？總之我們霧津的法官都是這麼寬容。我們孩子放棄上訴，琉璃和民秀的和解書是關鍵。還有潤慈愛控告三十名學生的案件仍然進行中。她說絕對絕對不原諒。我們的戰鬥尚未結束。

孩子們現在都不去學校上學了。還有一件事，連朴寶賢老師都復職了，你能相信嗎？家長和崔牧師在苦思下，最後租了妍豆的家，拜託妍豆母親照顧女孩們，將孩子轉學到附近的學校。幸好那個討人厭的崔秀熙已經被派到別的地方，新來的獎學官允許在一般中學內設立特殊班級。妍豆家布置成六位女孩的宿舍，我們稱之為庇護家園。「可以獨立，又彼此互相照顧一起生活」。這是崔約翰牧師對孩子的兩大心願。妍豆的父親因病過世後，煩惱生計的妍豆母親，可以一邊照顧女兒，又能做飯給孩子吃，還能賺錢，真的很開心。還有男孩們，你記得那位手譯員嗎？就由他負責。感謝捐款人的善心，他們有了一間房子，作為男孩子的庇護家園，民秀等七個男孩住在那裡。本來很擔心孩子的住宿問題，因為這次事件，霧津的好人全部成為這些孩子的援助者。這樣看來，世界上還是有很多好人。

琉璃已經恢復健康了，也接受了心理治療。變健康的人不僅只有琉璃。民秀……你不要嚇一跳，六個月內長高了十五公分。這些都要歸功於好吃的晚餐。孩子們的心靈也有了驚人的成長。這些孩子現在覺得自己很重要，懂得拒絕暴力。有一次一起吃飯，我問孩子們，在這件事發生前和發生後，最大的改變是什麼？民秀回答：

——終於了解我們也是同樣珍貴的人。

當時我差點哭出來。看到孩子們有如此驚人的成長，我想，我們真的輸了官司嗎？

寫信的傍晚，霧津又再度降下濃霧。這沒完沒了的霧，讓所有的光線都模糊了，讓人們迅速關上門放下窗簾。我想，擋在人與人之間的白茫茫大霧裡，又會發生什麼事呢？唯一能穿透霧的只有聲音……崔牧師經常對孩子說，要替有耳朵卻聽不見的人祈禱。我們的耳朵渴望你的消息。你該不會對我們覺得愧疚吧？縱然只有短暫的時光，我們仍會記得你的奉獻與關愛。就算你忘了我們，我們也會永遠想念你。希望你身體健康，真心祈求你能幸福。

119

姜仁浩走到窗戶邊。利用午休時間出來的上班族在大樓之間的公園消磨時間，陽光炫目，樹葉接受光照，伸展著枝枒，噴水池湧出強力充沛的水柱。五月的陽光就像都市的強烈欲望。人們三五成群，尋找涼蔭的地方坐下。一個人的時候寂寞，在一起卻更孤獨的人們；他們無法落單，也無法融入群體。

熱氣蒸騰，人們脫掉西裝外套，碧綠草地上襯著點點白襯衫。**你該不會對我們覺得愧疚吧？**徐幼真的聲音出現在他的耳際。**我們的耳朵渴望你的消息。**姜仁浩的眼睛像蒙上一層薄霧，草地上的點點白襯衫，膨脹、斑駁成一片模糊。

就像霧一樣。

作者的話

奇怪事件會讓人對生病有更多的認識，也會對人感到失望。奇怪的是，對於人類的敬畏卻在我體內滋長。

剛開始構思這本小說，起因於看到一則新聞報導。那是最後的判決日，年輕記者描述法庭內的新聞。最後一段文字寫著：「被告判處輕刑，並得以緩刑，翻譯成手語的瞬間，法庭內充滿了聽覺障礙人士發出的驚呼聲。」在那一刻，我彷彿也聽見了我從未經歷過的喊叫聲。我無法再書寫這段期間正準備的其他小說。這一行文字似乎已經占領了我人生中的一年，或是更久。

從那些為了正義、對抗不公不義所意味的理想，我似乎找到了平靜。寫小說時，我之所以能和案件被害人一樣為加害者祈禱，也是這個緣故。只要一想到初次見面就信任我，告訴我他們所有故事的聽覺障礙兒童的眼神，我仍然會流淚。想到那些為他們奉獻犧牲的人，我對於自己偶爾會覺得人生太虛緲的想法感到抱歉。我居然不曉得世界上有這麼多天使。寫這本小說時，我經常生病，看初校、二校，寫這本小說的最後一刻，還因為發燒躺了好幾天；即便如此，我書寫小說時仍然覺得好幸福。

我身為作家這個事實，就像我接受了「不管過著怎樣的生活都是個作家」的事實一樣，是如此痛苦又恍惚。因為生命和現實總是如此慘淡，總是如此崇高，超乎我們的想像。我寫小說已經滿二十年了。對於現實無力的我，整理書桌時看見了舊筆記上抄寫的保羅．艾呂亞的文字，那是讀書時期我覺得自己什麼都不是，流著冷汗寫下來的文字。

「那些美化的語言、包裝美麗的『話』是多麼可憎。真正的詩沒有修飾，也沒有謊言，也沒有彩虹光芒的眼淚。真正的詩了解世界上有沙漠和泥沼，也了解有上蠟的地板，弄亂的頭髮和粗糙的手。也了解有無恥的受害者，有不幸的英雄，也有偉大的傻瓜。也了解狗有許多種類，有抹布，田野上有盛開的花朵，墳墓上也有綻放的花朵。生命之中有詩。」

出乎我的意料，在這當中我得到許多人的幫助。光州的安冠玉、鄭大夏記者、李智原實習記者，還有為遭遇性暴力的學生流下眼淚的金泰善老師，光州的盧志賢、李榮普傳道士。我也要感謝在無聲的讚美詩響起的地下教會禮拜時間，為了這些孩子準備食物的金秀女女士、金昌鎬翻譯。我若告訴他們，從他們身上我看見沒有翅膀的天使，他們一定會笑出來。

不曉得該怎麼感謝權恩攝老師、玫瑰、恩惠、智慧、崙熙、明根、世延、江星、文賢，還有金榮慕牧師、潤民子委員長。

最後要感謝在Daum連載超過半年的時間，閱讀這些文字、彷彿切身之痛的所有讀者。

二〇〇九年七月

試煉的熔爐

尤美女（立法委員　女權運動者）

看完《熔爐》後，心有戚戚焉。那麼熟悉的場景，爭取正義的道路那麼遙遠，「權利」從來就不是從天上掉下來的，均是前人一步一腳印以血淚、生命爭取來的，所以有佛家語「助人者是菩薩，受苦受難者才是大菩薩」。只有這些受難者勇於站出來，忍受排山倒海的責難與壓力，在菩薩的協助下，不退卻，爭取自己的權利——這試煉的過程即是賦權（empower）的過程，當他超越這試煉，他就站起來且不再恐懼了，別人也不能再欺負他了。

本書藉由韓國光州聽障學校學生遭受校園性侵害的真實新聞事件為起因，揭露身障者人權的困境，諸如：法官、檢察官欠缺性別觀點及弱勢關懷，以及法庭對弱勢者的不友善及保守迂腐等。也因為本書的出版，小小的火苗竟能夠「星火燎原」，點燃了韓國社會的自覺，因而影響韓國政府修改性侵防治法與社會福祉機構法。

反觀我國，當發生宗教性侵、特教學校集體性侵、社團教練長期性侵等等各種侵犯弱勢人權的案件，要這些弱勢者出來舉發，通常均是受害很久以後的事情，其受害的程度也就既深且巨。台灣雖已有各種性侵防治法及制度改革，但是在司法環境的不友善及訴訟過程的二度傷害等方面，仍是有待改進的地方。期待台灣也能有更多類似《熔爐》的書出版，讓大家有機會更深刻體會到弱勢者的處境，促發改善的契機，以保障更多弱勢者，使司法正義得以伸張。

這是一本令人省思的書，值得一讀，特此推薦。

二〇一二年六月二十日

暢／小說

熔爐

032

●原著書名：도가니●作者：孔枝泳●譯者：張琪惠●特約編輯：曾淑芳●封面設計：蕭旭芳●責任編輯：巫維珍●編輯總監：劉麗真●總經理：陳逸瑛●發行人：凃玉雲●出版社：麥田出版／10483台北市中山區民生東路二段141號5樓／電話：(02)25007696／傳真：(02)25001966●發行：英屬蓋曼群島商家庭傳媒股份有限公司城邦分公司／10483台北市中山區民生東路二段141號11樓／書虫客戶服務專線：(02)25007718；25007719／24小時傳真服務：(02)25001990；25001991／讀者服務信箱E-mail：service@readingclub.com.tw／劃撥帳號：19863813／戶名：書虫股份有限公司●香港發行所：城邦（香港）出版集團有限公司／香港灣仔駱克道東超商業中心1樓／電話：(852)25086231／傳真：(852)25789337●馬新發行所：城邦（馬新）出版集團【Cite (M) Sdn Bhd】／41-3, Jalan Radin Anum, Bandar Baru Sri Petaling, 57000 Kuala Lumpur, Malaysia.／電話：(603)90563833／傳真：(603)90576622／讀者服務信箱：services@cite.my●麥田部落格：http://ryefield.pixnet.net ●印刷：前進彩藝有限公司●2012年7月初版●2022年7月二版3刷●定價NT$300

本書由韓國文學翻譯院資助發行。'도가니'（熔爐）is published with the support of 'Literature Translation Institute of Korea (LTI Korea)'.

國家圖書館出版品預行編目資料

熔爐／孔枝泳著；張琪惠譯. -- 二版. -- 臺北市：麥田出版：家庭傳媒城邦分公司發行, 2019.08
面； 公分. --（暢小說；RQ7032X）
ISBN 978-986-344-666-8（平裝）

862.57 108008340

城邦讀書花園
www.cite.com.tw

Printed in Taiwan.